『君、その本が読めるんだ』
幽霊さん

史上初の飛竜種単独討伐者
《黎明の魔女》
フィーネ

「貴方、は――」

「おじさん、だれ？」
フィーネ

歴代最年少の《五賢人》
《氷の魔術師》
シオン

「君を愛することはない」と言った氷の魔術師様の片思い相手が、変装した私だった

葉月秋水

illustration= toi8

目　次

プロローグ……012
第一章　政略結婚……014
第二章　新生活……076
第三章　交　錯……118
第四章　黎明の魔女……181
エピローグ……229

特別書き下ろし1　魔法のバリア……240
特別書き下ろし2　心の電源……246
特別書き下ろし3　ふわふわと混乱……254

あなたは深いところで、とてもよく知っています。たった一つの魔法、たった一つの力、
たった一つの救いがあることを。それは「□□□□□」だということを――ヘルマン・ヘッセ

プロローグ

ロストン王国北部辺境――

人間より獣の方が多いこの地域には、豊かな自然が手つかずのまま残っていた。

山肌は深く鮮やかな青みをたたえている。

風は梢の葉を揺らし、枯葉の下でトカゲの子供が息を潜めている。

どこかから狼の声が聞こえ、紅藤色の鳥が枝木を揺らして空高く飛んだ。

空は澄み切り、鱗のような薄雲がゆっくりと西へと流れていた。

その一方で、王国の北側に位置する《魔の山》に面したこの地域は、常に魔物による被害に悩まされてきた。

東方大陸最強の生物種である飛竜種を筆頭とした高レベルで甚大な被害をもたらす魔物たち。

この地に挑む冒険者は死にたがりと言われ、《魔の山》の至る所には彼らが戦い抜いた証である白い骨が残されている。

しかし、そんな状況が変わり始めたのは七年前のことだ。

その魔法使いはたった一人で人類と魔物のパワーバランスを一変させてしまった。

《黎明の魔女》

四年前には、北部地域を襲った記録的な魔物の暴走《スタンピード》を壊滅させて王国魔法界に大きな衝撃をもたらし、その翌年には人類史上初となる飛竜種の単独討伐を達成。

幾多の冒険者を葬った危険な魔物を次々と討伐し、姿を見た者もほとんどいないにもかかわらず、王国史上最強の魔法使いと噂される生きた伝説。

しかし、現代魔法ではその全容を測ることさえ叶わない、独自の魔法理論を持つ彼女についてわかっていることはほとんどない。

出自は不明。

多くの人々が彼女に強い関心を持ち、様々な方法でその周辺を探ろうとしたが、有益な情報を摑むことはできなかった。

《黎明の魔女》はいったいどのような人物なのか。

それは、ロストン王国で最も大きな謎のひとつである――

第一章　政略結婚

その屋敷は、周囲から幽霊屋敷と噂されていた。

建てられてからどれだけの年月が経っているかわからない、ボロボロの居館と荒れ果てた庭。

ウェストミース伯爵家令嬢――フィーネ・ウェストミースがそこに住んでいるのは、現当主である義理の両親に幽閉されているからだった。

十四年前、フィーネが五歳のときに亡くなった前当主である両親。

家督を継いだ叔父夫婦にとって、残されたフィーネは邪魔な存在だった。

役立たずで出来損ないの厄介者。

彼らはフィーネを疎《うと》み、自然な形でいなくなってくれることを期待していた。

一日一食しか与えられない粗末な食事。

魔導式の給湯器を使うことは許されず、冬でも冷たい水で身体を洗う。

屋敷の中に閉じ込められ、友達はおろか外部の人間と話すことさえ許されない。

小柄で痩せ細った少女は、いつも書庫の本を読んでいた。

ひとりぼっちの彼女を侍女たちは不憫《ふびん》に思いつつ見つめていた。

しかし、そんな侍女たちも「ひどい、ひどすぎます」と漏らさずにはいられなかったのが今回の縁談だった。

冷徹で人の血が流れていないと言われ、悪い噂も多いクロイツフェルト公爵家。

齢《よわい》七十を超えた現当主ベルナールの八人目の妻として、十九歳のフィーネが選ばれたのだ。

世間では誠実な人物として知られているベルナールは、嗜虐《しぎゃく》的な嗜好の持ち主で家族に暴力を振るうという噂があった。

目も当てられない行いの数々を金と権力でもみ消し、欲に塗《まみ》れた生活を送る悪徳公爵。

若い娘が好きなベルナールは、悪い噂のせいで何度か縁談を断られた後、当主に疎まれているフィーネに目をつけたのだと言う。

「素晴らしいお話でしょう。あのベルナール様がお声をかけてくださったのよ」

満足げに笑みを浮かべて言う義理の母イザベラ。

「うらやましいわ、お姉様。きっと熱烈に愛してくださるわよ。一生消えない傷が残るくらい。たしか、前の奥様は腰の骨が折れて今も入院中だったかしら」

義理の妹であるオリビアが弾んだ声で言った。

「役立たずで出来損ないのお姉様にはぴったりのお相手ね。だって、お姉様が死んでも誰も悲しまないもの」

（なんて……なんてひどい……！）
あざ笑う二人に、侍女たちは唇を噛む。
（フィーネ様、おかわいそうに……）
一人の侍女が目元の涙を拭《ぬぐ》った。
フィーネは顔を俯《うつむ》け、静かにふるえていた。
イザベラとオリビアは満足げに笑みを浮かべる。
理不尽で不条理なこの世界の一面。
一方的に決められた政略結婚。貴族社会の残酷な現実。
しかし、彼らは知らなかった。
垂れ下がった前髪のその奥で、フィーネがこのとき何を考えていたのかを。
（ダメよ……まだダメ……）
フィーネは冷静になるよう自分に言い聞かせる。
本当の気持ちを隠して、仮面を被る。
悟られないように、少しだけ口角を上げた。
（どれだけ、どれだけこのときを待っていたか……！）

◇　◇　◇

小さい頃から、フィーネは本が大好きだった。

五歳で両親を亡くしてから、茫漠とした世界にひとりぼっちみたいに感じていた自分を救ってくれた本。

幸い、フィーネが幽閉されていた幽霊屋敷には持ち主を失ったたくさんの本が残されていた。

傷んだ古書の埃《ほこり》を丁寧に払い、本の世界に没頭する。

時々目を閉じて、その香りを吸い込む。

本の香りをかぎ、ページに触れているだけでフィーネはこの上なく満ち足りた気持ちになることができた。

中でも、フィーネが好きだったのは一番奥の棚に並んだ不思議な本だった。

古びた装丁。香ばしい香り。

赤茶けたその本は薄暗い部屋の中で蛍みたいにかすかに発光していた。

「あの本、どうして光っているの？」

フィーネの言葉に、侍女は首をかしげた。

「あそこの棚に本はありませんよ？」

侍女たちには見えないみたいなのだ。

何度も実験して確認したから間違いない。

その本が見えるのはフィーネだけだったし、だからこそフィーネは発光する本に強く惹《ひ》かれた。

（きっと特別なすごい本に違いないわ！）

その不思議な本を読むのは簡単なことではなかった。

しかし、フィーネは根気強くその本を読み続けた。屋敷に幽閉されて外に出ることも許されないフィーネには、時間がいくらでもあった。

（今は無理でも続けていれば絶対読めるはずよ。私、なんとなく天才っぽい感じがするし）

フィーネは自分のことを天才だと思い込んでいるタイプの子供だった。

根拠のない自信は彼女を挑戦に駆り立て、フィーネは自分の使える時間のすべてをそこに注ぎ込むようになった。時間をかけて少しずつ、フィーネはそこに書かれた不思議な言葉を理解できるようになった。

『君、その本が読めるんだ』

そんなある日、声をかけてきたのは、ふわふわとした長髪の男性だった。

美しい顔立ちはどこか幻想的な現実感のなさを伴っていた。

まるで高名な魔法使いみたいなローブを着たその人は、興味深そうにフィーネを見つめている。

「おじさん、だれ？」

フィーネの言葉に、彼は一瞬目を見開いた。

大きな驚きの感情がそこにあったように感じたけど気のせいだったかもしれない。

『おじさんじゃない。お兄さん』

にっこり目を細める男性の声は、鼓膜を通さず直接頭の中に響いているみたいだった。

『しかも僕が見えるなんて。これはすごい。逸材だね』

身体は半透明で、じっと見ると奥の窓がうっすらと覗《のぞ》いている。

フィーネは彼がどういう存在か理解した。

「なんだ、幽霊か」

『あの、普通もっと驚くところじゃない？』

「今、続き読むので忙しいから後にして」

『え、ええ……』

フィーネはそれから幽霊を半日放置して本を読みふけった。

「ふう、面白かった」

『めちゃくちゃマイペースだね、君』

「だって幽霊さん。この本すごく面白いんだもの」

『そう言ってくれるのは著者冥利に尽きることではあるんだけど』

「ちょしゃみょうり？」

『これ僕が書いた本だから』

頬をかきながら言う幽霊を見てフィーネは思った。

（子供だからわからないと思って自分が書いたことにするなんて……とんでもない承認欲求モンスターだわ！）

フィーネは恐れおののきつつも、幽霊にいろいろなことを聞いた。

幽霊さんは物知りでなんでも知っていて。

フィーネは目を輝かせ、前のめりになって幽霊さんにたくさん質問をした。

「僕は昔、《黎明の賢者》と呼ばれていたんだ。魔法の研究開発が主な仕事だったんだけど」

（子供だからわからないと思って古《いにしえ》の大賢者を名乗るなんて……！　やっぱりすごく痛いタイプの人だわ！）

フィーネは震え上がっていた。

しかし、そんな幽霊さんはフィーネのことを不思議なくらい可愛がってくれた。

頑張り屋で真っ直ぐな良い子だと褒めてくれる。

フィーネは不審に思った。そんなに良い子なら義理の両親だってこんな扱いはしないと思うのだけど。

気恥ずかしくて「お世辞は嫌い」とそっぽを向いた。良い子の行いではない。なのに、幽霊さんはそういうところが真っ直ぐで良いと言う。なんだかうれしそうだった。よくわからない。

幽霊さんはフィーネにいろいろなことを教えてくれた。

魔法生物のおかしな生態や、北の極天で起きる空が輝く現象。

外に出ることが許されないフィーネだけど、聞いているだけで世界中を旅しているみたいな気持ちになることができた。

寒い日には部屋を暖かくする魔法を教えてくれた。

もっと教えてほしいとねだると、幽霊さんはうれしそうな顔で新しい魔法を教えてくれる。

うまくできると自分のこと以上に喜び、できないときは優しい言葉をかけてくれた。

自然とフィーネは幽霊さんを師匠として慕うようになった。


「ねえ、幽霊さん。かくれんぼしましょ。幽霊さんがずっと鬼ね」

『なにそのいじめみたいなルール』

「ねえ、幽霊さん。庭のキノコ食べたらなんかピリピリするんだけど」

『吐きなさいっ！』

「ねえ、幽霊さん。眠れないから付き合って」

『いいよ。なに話す？』

眠れない夜には話し相手になってくれた。雨の日には一緒に歌ってくれた。

誕生日にはお祝いしてくれた。素直になれなくて、「別にしなくていいのに」と言って後悔した。だけど、幽霊さんはまったく気にしていない様子で次の年もお祝いしてくれた。

照れくさいから言えなかったけれど、幽霊さんと過ごす日々はフィーネにとって心地良いものだった。

先生として、友達として、親代わりとして。

会話を聞いた侍女が、「イマジナリーフレンド……！　フィーネ様、おかわいそう……！」と涙を拭うから、あまり大きな声では話せなかったけど。

幽霊さんにいろいろなことを教わりながら、フィーネは着実に一人前の魔法使いになっていった。

「ねえ、幽霊さん。魔術論文のコンテストがあるんだって。出していい？」

『でも、要項に十八歳以上って書いてるけど』

「大丈夫よ。義理のお母さんにバレたら面倒だから、偽名で出すし。多分一次審査を通るのがやっとだろうしね」

『そうだね。君は才能あると思うけど、さすがに十二歳で大人向けの論文コンテストで通用するものを書くのは厳しいだろうし。いいんじゃないかな、ひとつの経験として』

こうして、《黎明の魔女》という名前で出した『八次元と二十四次元における魔法式崩壊定数の考察』は衝撃を持って王国魔法界に迎えられた。

正体不明の魔法使いは、王国史上類を見ない驚くべき才能の持ち主としてその名を知られる存在になった。

「通用しないって話だったじゃない！　なんで!?」

『だって、まさかあそこまで出来の良いものを書くとは思ってなかったから……一生懸命な姿を見てると、出すのをやめろとは言えないし……』

　これ以上騒ぎになっても面倒だから、とフィーネは論文を書くのをやめた。

　代わりに、仮面で正体を隠して裏山の魔物をぶっ飛ばして回るようになった。

（これなら、魔法の練習もできるし、ストレス解消にもなる！　田舎だから人の目につくこともない。正に天才的解決策ね！）

　しかし、フィーネが裏山として認識していたその場所は、大陸有数の危険地帯である《魔の山》だった。彼女がぶっ飛ばしていたのはAランク冒険者でも簡単には討伐できない災害級に分類される魔物たちだった。

　魔物の脅威から人々を守る正義の魔法使いとしてフィーネの評価は高騰。

「規格外の力を持つ謎の魔法使い」「災害級の魔物を単独で討伐する女」「《魔の山》で一番やばいやつ」と様々な異名で呼ばれるようになった。

　こうして《黎明の魔女》として活躍しながら、表向きは幽閉された貴族令嬢として過ごす生活の中で、ある日気づいたのは自分が幽霊さんに何も返せていないということだった。

　幽霊さんは、たくさんのものをくれた。

なのに、自分はそのお返しをまったくできていない。

何かできることはないだろうかとフィーネは考えた。

気づかれないようにそれとなく、探りを入れることにした。

「幽霊さんは何かしたいことってある?」

『したいこと?』

「うん。暇だし手伝ってあげてもいいかな、と思って」

『フィーネは優しいね』

「うるさい。いいから話せ」

ぶっきらぼうに言ったフィーネに、幽霊さんは笑って言った。

『やってた研究を完成させたいかな。あともう少しのところだったから』

「いいじゃない。手伝うわよ」

『ありがとう。でも、ここでは工程上必要な実証実験ができないんだ。ロストン王室が《三種の神器》と呼んでいる伝説の魔道具のひとつ――《ククメリクルスの鏡》が必要でね』

「その鏡はどこにあるの?」

『クロイツフェルト公爵家が保有してる。調べてみたんだけど今は門外不出で、当主以外はどこに置いてあるのかも知らないみたい。あの鏡の持つ力を考えると、隠したくなる気持ちもわかるけどね』

フィーネはクロイツフェルト公爵家当主について調べた。

ベルナール・クロイツフェルト。

王国随一の名家であるクロイツフェルト公爵家における絶対的権力者。

常軌を逸した規模の贈収賄、聖王教会との癒着、麻薬カルテルとの裏取引、繰り返される側近の不審死、違法薬物の密売、違法兵器の製造など様々な黒い噂のある悪徳貴族。

齢七十を超えて尚、若い娘を好み、目も当てられない鬼畜の所業を繰り返しているという。

(ということは、家族に疎まれていて周囲と関わりがない令嬢にはむしろ興味を持ちやすいはず)

辺境の屋敷で外に出ることもできずにいる貴族令嬢の噂を流し、縁談の話を作るのは難しいことではなかった。

『なんでそんなことを……危険だし、どんなリスクがあるか』

「いいの。私がしたかっただけだから。何より、悪徳公爵をぶっ飛ばして、気持ちよくストレス解消するのってすごく楽しそうじゃない？」

『……絶対に君のことを守るから』

「ありがと。二人で、邪知暴虐《じゃちぼうぎゃく》な悪徳貴族を粉微塵《こなみじん》にしてやりましょ」

書庫の本を馬車に積めるだけ積んで、フィーネは公爵家に出発した。

「なんておかわいそうなフィーネ様……！　私、どんなことがあってもフィーネ様の味方ですからね！」

一番年が近かった侍女のミアも強引についてきた。

いろいろと勘違いしているみたいだけど、味方が多いのは良いことだし、とフィーネは考えるのをやめた。

（さあ！　邪知暴虐な悪徳貴族は目前！　助走付き魔法パンチでぶっ飛ばしてやるわ！）

肩を回して、ウォーミングアップしていたそのときだった。

「大変です！　ベルナール様の息子であるシャルル様が挙兵！　武力によって、ベルナール様は拘束され、シャルル様が新しい御当主になられたとのことで――」

「………………へ？」


結婚するはずだった悪徳貴族は、目前で身内に裏切られ、地位を追われることになってしまったらしい。

「申し訳ないね。我が家のことにウェストミース家のご令嬢を巻き込んでしまうなんて」

到着した公爵家のお屋敷。

豪壮な応接室でクロイツフェルト家新当主、シャルル・クロイツフェルトは困った様子でそう言った。

四十代半ばのはずなのに随分と若く見える男性だった。

悪い噂も多いクロイツフェルト家で、強固な権力基盤を持っていたベルナールを追い落として新しい当主になった男性。

(間違いなく腹黒。どす黒い闇を抱えたやばいやつに違いないわ)

警戒するフィーネにシャルルは言った。

「父との結婚をどのように考えていたかはわからない。でも、今回のことで君を不安にさせてしまったことを心から謝罪したい。正直に言うと、どうしたらいいかわからなくて困ってたんだ。まさか、こんなことになるなんて思っていなかったから」

優しげな物腰と、気弱な笑み。

向かい合ったその人は、自信と決断力に欠ける小人物であるように見えた。

(なるほど。良い人そうな顔をして、その実めちゃくちゃ悪いパターンね。人生経験豊富な大人の女性である私にはお見通しよ)

そう推測したフィーネは、彼に探りを入れることにした。

会話をそれとなく誘導して情報を引き出す。

(とはいえ、おそらく相当の強者《つわもの》。そう簡単にはいかないだろうけど)

対して、シャルルの反応はフィーネの予想していないものだった。

「実は、今回のことは息子のシオンが計画してくれてね。父に反感を持っていた者たちをまとめ上げて、当主の座から追い落としてしまった。私も手伝いたかったんだが、ほとんど何もすることがなかったんだ」

（……今この人、とんでもなく重要なことを言っていた気がする）

困惑しつつ頭の中で情報を整理する。

（当主交代を計画して主導したのは息子のシオン・クロイツフェルト。腹黒なやばいやつなのはそっちの方なのかしら……？）

「シオンはすごいんだよ。何をやってもうまくできなかった私と違ってとても優秀なんだ」

シャルルはにっこり目を細めて言う。

「飛び級で王立魔法大学を卒業してからは、人々を救うために危険な国境警備の仕事を進んで引き受けてね。王国で最も優秀な魔法使いしかなれない五賢人の一人に歴代最年少で選ばれた。誰よりも勇気があって弱者の痛みがわかる彼だから、父の横暴を許せなかったんだろうね。感情がなかなか表に出てこないから誤解されることも多いみたいなんだけど」

彼は心から息子を褒めているように見えた。

一方で、二人の間に距離があるのがなんとなく空気感でわかった。

「父は凡庸な私が天才である彼に悪い影響を与えることを嫌ったんだろう。孫のシオンを自分の手で後継者として育てたかったんだと思う。結果、シオンは随分つらい思いもしたみたいだ。私は父に見限られ、遠ざけられていたから何もできなかった。家族としてのつながりや心の交流はこの家にはまったくなかった」

シャルルは目を伏せてからフィーネを見つめる。

「だからこそ、私はシオンに幸せな家庭を築いてほしいんだ。互いのことを大切に思い合い、理不尽や悲しいことがたくさんあるこの世界を力を合わせて乗り越えていけるような、そんな家族を作ってほしい。そのために、君も協力してくれたらうれしいなと思ってる。もちろん、二人のことだし外から何か言えるようなことではないのだけど」

「協力？」

フィーネは首をかしげた。

「結婚相手の紹介とかできないですけど」

「ごめんごめん。伝える順番を間違えてしまった」

シャルルは照れくさそうに頭をかく。

「君の結婚相手について、どうしようか悩んでいたところシオンの方から要請があってね。彼からそんなお願いが聞けるなんて思ってなかったから、僕はすごくうれしかったんだ」

彼はにっこり目を細めて続けた。

「君と結婚したいって――シオンはそう言ってるんだよ」


（なんだこの展開……）

会談の後、フィーネは予想外の言葉を反芻《はんすう》しながら応接室のソファーに腰掛けていた。

（五十歳以上年上の鬼畜外道と結婚するはずだったのに、気づいたら最年少で五賢人に選ばれた三つ年上の次期公爵様に結婚を申し込まれていた……って、どういうこと!? そんなことある!?)

頭を抱えるフィーネ。

その上、シオンは父であるシャルルが言っていた以上の優良物件であるみたいだった。

眉目秀麗で魔法の腕は天才的。氷のように無表情ではあるものの家柄と将来性も申し分なく、縁談の話はひっきりなしに舞い込んできていたとか。

(そんな人がなんで私と結婚なんて……面識はないし、社交界でひきこもり令嬢と言われてるらしい私に選ばれるような要素ないと思うけど)

辺境の屋敷での幽閉生活を、義理の両親はフィーネが自分の意思で出てこないのだと社交界で話していた。

結果、フィーネは外に出ることもできないひきこもりであり、普通とは違う特殊な子だと社交界では認識されていると風の噂で聞いたことがある。

(クールに見えて優しい人という話だったし、同情してくれたのかしら。そう考えると、少し――)

フィーネはじっとシオンの写真を見つめる。

(腹立ってくるわね)

フィーネは負けず嫌いだった。

《魔の山》で魔物と戦う際も、挑発してきた相手には百倍にしてお返しする山賊的な思考を持つ女だった。

（でも、この顔どこかで見たことある気がするのよね）

写真をじっと見つめて考える。

人付き合いをほとんど経験せずに育ったフィーネは、人の顔を覚えるのがあまり得意ではなかった。

（私がどこかで見たことあるって感じてることは、それなりに関わりがあった相手の気がするんだけど）

記憶を辿るけれど、なかなか思いだせない。

『よかったね。とりあえず想定していたより悪い相手ではなさそうだ』

明るい声で言う幽霊さん。

そのとき、慌てて部屋に入ってきたのはメイドのミアだった。

「フィーネ様！　あの、今敷地内にある別邸でフィーネ様のためにご用意されたお部屋に案内されたんですけど……お部屋のご様子が、ちょっとお伝えしづらい感じと言いますか」

その一言で、フィーネは理解する。

（なるほど。やっぱりそういう嫌がらせとか出てくるわけね）

さすが悪い噂の多い悪徳貴族家というところか。

新しい当主は良い人そうだったけど、先代の作った悪しき風習が至る所に残っているのだろう。

あるいはあの新当主も実は腹黒で、私を油断させてから落胆させて悲しむ姿を楽しもうとしているのかもしれない。

(残念だったわね。雨漏りしまくりのお屋敷で便所虫さんとお友達になって生活してた私に、住環境での嫌がらせは通用しないのよ)

挑戦的な笑みを浮かべて、フィーネは言う。

「いいのよ、大丈夫。多少汚くても私は問題ないわ」

「いえ、汚いわけじゃありません。そうではなくて、私の語彙《ごい》ではうまく言葉にできないくらい綺麗ですごいと言いますか……」

「………………は?」


絶対嘘だと思っていた。

この短期間でミアにこんな嘘を言わせるなんて、どんな手を使ったんだと憤っていたくらいだった。

(ほんとに綺麗……)

次期当主であるシオンが生活している別邸。

その二階に用意された部屋は、思わず目がくらんでしまうほどに豪奢なものだった。

美しい水晶のシャンデリア。

広々とした部屋の奥には、王族が眠るような大きなベッドが置かれ、美しい装飾の窓に誘われた風が深紅のカーテンを揺らしている。

絨毯は羽根のようにやわらかく、化粧台から小物入れまで調度品にはかすかな汚れひとつなかった。

信じられない光景に、フィーネは口元をおさえ、声をふるわせる。

「そんな……まったく雨漏りしてない部屋がこの世にあるなんて……」

『求めてる水準があまりにも低すぎる』

こめかみをおさえて言う幽霊さん。

「フィーネ様、やっぱりおかわいそう……！」

侍女のミアが瞳を潤ませて言った。

フィーネはくらくらしながら、シャルルの部屋を訪ねた。

「あの、用意していただいたお部屋なのですが、少し綺麗すぎるような」

困惑しつつ言ったフィーネに、シャルルはにっこりと笑って言った。

「君は息子の大切な結婚相手だからね。用意できる中で一番良い部屋を使ってもらうのは当然のことさ」

眩《まばゆ》く見えるくらいに人のいい笑みだった。

実は腹黒なのではと疑っていたフィーネはあまりの眩《まぶ》しさに浄化されそうになった。

（私って汚れてるのかしら……）

フィーネは少し反省しつつ部屋に戻って点検を再開した。

「おかしいわ。この扉、あまりにも開閉がスムーズすぎる。普通扉っていうのは開け閉めするたびにこの世の終わりみたいな軋《きし》む音がするはずなのに」

『ごめんね、僕の屋敷がボロすぎるばかりに』

フィーネは硝子窓にヒビが入っていないことに驚き、隙間風の音がしないことに首をかしげ、やわらかいベッドにびっくりして飛び上がった。

そのたびに幽霊さんは悲しい顔をし、ミアは「おかわいそう……！」とハンカチで涙を拭った。

「シオン様は明日お戻りになるご予定です。お顔合わせまでごゆっくりこちらでおくつろぎいただければと。こちら、マーマレードとクリームチーズのパイをお持ちしました」

「まあっ！　素敵なお料理！　この量なら明日食べなくても大丈夫ですね！」

「……え？　いや、こちらは軽食でして」

「軽食？」

「ご夕食は十八時にお持ちする予定です」

「ご夕食？　十八時？」

フィーネは混乱していた。

幽霊さんとミアは小さくうなずきながら涙を拭った。

「信じられないくらいおいしいわね、このパイ……」

困惑しつつパイを口に運ぶ。

最初は恐る恐るだった手の動きはすぐに速くなった。

こうして、フィーネは初日の軽食で二人分のパイを三回おかわりし、お屋敷の料理人を困惑させた。

一方で、急にたくさん食べたことに身体がついていかず、腹痛に苦しみ、それからの時間をベッドで苦悶の声をあげながら過ごすことになった。

食べられなかった夕食を、「明日食べるから絶対捨てないで……！」と必死の声で言った姿に、『食い意地がすごすぎる』と幽霊さんは頭を抱えたけれど、「体調不良の中、それでも我々の料理を無駄にしないように言ってくださるなんて……！」とお抱え料理人の評価はなぜか上がった。

そして、迎えた翌日。

公爵家次期当主との、顔合わせの日がやってくる。

（ああ、なんておいしいお食事……！　こんなに素晴らしいものがこの世にあるなんて……！）

公爵家での新生活二日目。

フィーネは頬に手を当てながら、昨日の残り物と朝食に舌鼓を打っていた。

食事の後は、心ゆくまでふかふかのベッドの上でごろごろした。

やわらかいシーツに頬をこすりつけて、つかの間の幸せ次期公爵夫人生活を全力で満喫してから、顔合わせの準備をする。

「シオン様は午後にお戻りになるご予定です。お顔合わせの際のお召し物はこちらから選んでいただければと」

衣装部屋に並んだ鮮やかなドレスたち。

幽霊屋敷ではボロボロの服を着て生活していたフィーネなので、色彩の洪水に目がついて行かずくらくらする。

(なんでわざわざこんなに薄い生地にするの……もっと厚手のを使えばいいじゃない！)

うっかり破ってしまいそうで、おっかなびっくりドレスに触れる。

「フィーネ様があんなに綺麗なお召し物を……」

涙ぐむミア。

幽霊さんがいたずらっぽく笑う。

『似合ってるよ』

「うるさい」

なんだか気恥ずかしい。

小声で追い払いながら、フィーネの頭を悩ませていたのは結婚することになった公爵家次期当主のことだった。

（やっぱりどこかで見たことある気がするんだけど）

記憶の奥深くにある漠然とした断片が、フィーネに何かを伝えようと訴えているような気がした。

しかし、思いだせない。

写真を見つめていたフィーネがはっとしたのはそのときだった。

（もしかして髪型が違う……!?　いや、他にも違うところがあるのかも……！）

結婚に際して使う写真は、必然的に普段よりめかし込んだものになる。

（加えて、私が会ったときの彼が通常とはかけ離れた状態だったとしたら――）

「フィーネ様。シオン様がご到着なされました」

侍女の声。

「失礼します」

部屋に入ってきたのは長身の男性だった。

脚は長く、手は彫像のように均衡の取れた形をしている。

銀色の髪は、生き物が消えた世界に降る雪のように鮮やかで澄んだ白を連想させた。

美しい顔立ちには氷のように一切の感情の色がない。一際目を惹くのはその瞳だ。彼の瞳には心をざわつかせる強烈な何かが含まれているように感じられた。それはフィーネに何かを訴えていた。

（この人、あのときの――）

思いだす。

目も当てられないほど傷だらけで、今にも死にそうだった彼のことを。

四年前。

記録的な魔物の暴走《スタンピード》が北部地域を襲い、王国史上最悪と言われる壮絶な被害が出た。

被害が拡大したのは、初期対応のミスによるものだったことが、後日行われた検証によって明らかになっている。

『このエリアでの魔物の暴走《スタンピード》は過去二百年以上発生していない』

油断は致命的な準備不足と初期対応の遅れを招いた。

誰の目にもわかる人員不足の中、過去に例のない規模の魔物の群れを食い止めたのは、たった一人の魔術師だったと記録されている。

三年後、歴代最年少で《五賢人》の一人となり《氷の魔術師》と呼ばれる彼はそのとき十八歳。

絶望的な状況だったにもかかわらず、単独で《スカラホルトの町》を守り抜いたシオン・クロイツフェルトが何を考えて死地に赴いたのかフィーネは知らない。

知っているのは、魔物の死骸が無数に転がるその中に、死者同然の状態で倒れていた彼の姿だけだ。

残っていた魔物を倒し、近づいたフィーネにシオンは言った。

「殺してくれ」

息が続いていることに、彼は落胆しているように見えた。

この人は死にたかったのだ、となんとなくフィーネは感じた。

霧のような細かい雨がそこにあるすべてを濡らしていた。

世界に絶望したみたいな顔が、フィーネの癇《かん》にさわった。

「決めたわ。絶対死なせないから」

彼を助けるのは簡単なことではなかったが、フィーネは七種の回復魔法を並行起動して、力業で死に向かう肉体を現世につなぎ止めた。

幽霊屋敷の近くにある使われていない山小屋に彼を運ぶと、一ヶ月治癒魔法をかけ続け、民間の治療施設でも治療できるところまで状態を改善させた。

その一ヶ月の間に、フィーネは彼に様々な話をした。

死にたがっていたのがムカついたから、生きていることの素晴らしさを嫌がらせとして延々と語ってやった。

眠れない夜はベッドシーツの下の藁にくるまって、香ばしい香りに包まれて眠ること。

雨漏りしているおかげで、雨の音を他の人より長く楽しむことができること。

屋根に上って見る夜空の星が宝石みたいに綺麗なこと。

そのときに飲む《手作りその辺の草スープ》は、世界で一番おいしく感じること。

「いい？　世界はこんなにも素晴らしいものなの。わかったら、死にたいなんて後ろ向きなこと考えないこと。今度死にたいとか言ってご覧なさい。二度と立てなくなるまでボコボコにするから」

思う存分嫌がらせと脅迫をしてから、眠らせた彼を《スカラホルトの町》に送り届け、すっきりとした気持ちで幽霊屋敷に帰った。

しかし、ここで彼を使ってストレス解消をしたことが思わぬ事態を招くことになる。

「《氷の魔術師》が、《黎明の魔女》を捜してる？」

「なんでも、話したいことがあるらしい」

「連れてきた者には大金貨十枚だと」

噂は辺境にいるフィーネの耳にも届くくらい、王国中に広がっていた。

（やばい……完全にあのときの仕返しをしようとしてるじゃない……）

普通の相手なら魔法でぶっ飛ばせるから恐れる必要はない。

問題は、彼が幼少期から神童として王国を騒がせていた有名な魔法使いだったこと。

人の血が流れていない冷酷無慈悲な《氷の魔術師》。

常に彫像のような無表情で、人間らしい感情の出た姿を誰も見たことがない。

目的のためには手段を選ばない絶対零度の機械人形。

聞こえてくる不穏な噂の数々に、フィーネは頭を抱えた。

（とんでもなくまずい相手の恨みを買っちゃってる!?）

そんな相手に一ヶ月もの間、思い切り嫌がらせをしてしまったのだ。

もしも捕まってしまったら、いったいどんな目に遭わされるかわからない。

幸い、《黎明の魔女》として活動する際に、フィーネは正体がばれることを防止するための変装をしていた。

破れたカーテンを再利用したローブで身体の細さを隠し、背の低さを手作りのシークレットブーツでカバーする。

自分の髪を編んで作ったウィッグで髪型を変え、廃材から作った仮面を被っていた。

(さすがに私だと特定されることはないと思うけど……)

しかし、《氷の魔術師》の動きはフィーネの想像をはるかに超えるものだった。

大々的に《黎明の魔女》についての情報を集め、北部地域の救貧院を買い上げながら貧困層の女性に身分証を与える慈善事業を行ったのだ。

(完全に私を見つけだそうとしてるじゃない……！)

彼には優雅で丁寧な暮らしの話をしていたはずなのに、どうして《黎明の魔女》が貧困層に属する女性であると当たりをつけたのかは不思議でならないけれど。

(死にたくない……絶対に見つかるわけにはいかないわ……！)

そんな浅からぬ因縁のある相手。

だからこそ、フィーネは現れた結婚相手の姿に呼吸の仕方を忘れる。

(他人に興味ない性格が災いした……まさか、クロイツフェルト公爵家の次期当主だったなんて)

彼について調べる中で聞いたことはあったと思うけど、家柄に興味がなかったからすっかり忘れていた。

(この人、まさか私の正体に気づいた上で結婚を……！)

絶対に逃げられない状況。

人生の墓場という名の牢獄に閉じ込め、冷血の名に恥じないモラハラでいじめ抜こうとしてるのだ、とフィーネは恐怖した。

揺れる銀色の髪とひりつくような魔力圧。

感情のない瞳がフィーネに向けられる。

「先に言っておく」

シオン・クロイツフェルトは言った。

「君を愛することはない」


告げられた言葉に、フィーネは困惑することになった。

(いったいどういうこと……？)

遂に因縁の相手を捕らえることに成功し、思う存分勝ち誇って気持ちよくなれる絶好の機会だったはずなのに。

シオンは言葉を続ける。

「この結婚は当主の交代によって一時的に不安定になっているクロイツフェルト公爵家の地盤を強化するためのもの。祖父が残した負の遺産を排除し、新しい公爵家に作り替えるためにプラスになる選択だと判断した」

冷たい声。感情のない瞳。

向かい合っているだけなのに部屋の空気が冷たく感じられた。

「君を選んだのは、人との関わりを嫌い、ずっと屋敷の奥にこもりきりだと聞いたからだ。干渉されずに済んで好都合だと判断した」

シオンは言う。

「君は何もせず、ただ屋敷の中でじっとしていればいい。俺に干渉しないこと。求めたいのはそれだけだ」

言葉には人間的なあたたかみがまったくといって存在しなかった。

彼はここで希望と期待の一切を消し去ろうとしている。

冷たく冷え切った政略結婚。

対して、フィーネは困惑した表情で彼を見つめていた。

（これって、まさか……）

フィーネは思う。

（この人、私が《黎明の魔女》だって気づいてない！）

胸をいっぱいにする安堵と喜びの感情。

間違いない。

義母と義妹が吹聴してるとおりの、ひきこもり令嬢だと思われている。

（来た……！　思う存分ひきこもれるのは本が大好きな私には好都合。その上、私を付け狙い復讐しようとしてる《氷の魔術師》の情報は内側からこちらに筒抜け。なんというありがたい状況……！）

フィーネは声を弾ませて、うなずいた。

「わかりました！　シオン様に干渉しないよう気をつけますっ」


「ひどいです！　いくらなんでも失礼ですよ、いきなりあんなことを言うなんて！」

シオンとお付きの従者が退室し、二人きりになった部屋の中でミアは言った。

「冷酷非道で人の血が通っていないとは聞いてましたけど、まさかあんな方とは」

「いいじゃない。話が早くて助かるわ。関わらないで済むのもむしろ楽だし」

フィーネはまったく気にしていない。

それどころか、鼻歌さえ歌い出しそうな調子なのだが、ミアは納得いっていないようだった。

「折角フィーネ様に本当の家族ができると思ったのに……」

顔を俯けるミア。

「本当の家族？」

「大奥様と大旦那様は、フィーネ様のことを邪魔者みたいに扱ってるじゃないですか。ウェストミース家だって、本当はフィーネ様のご両親のものだったのに、亡くなった途端『この家は私のもの』だって大いばりし始めて」

「叔父様に権利があるのは、相続法の規定でも認められていることだから」

「でも、違法なこともたくさんやってましたよ。自分たちが抱えていた借金の支払いをするために、フィーネ様に権利があるものをどれだけ勝手に売ったか」

苦々しげに息を吐いてから、ミアは言う。

「だから、私は今回のお話に少しだけ期待してたんです。フィーネ様に、本当に信頼できる家族ができたらいいなって」

「大丈夫よ。ミア、知ってる？　人生っていうのは、名作ロマンス小説みたいなものなのよ」

「えっと……事故に遭ったら大体記憶喪失になるってことですか？」

「違うわ」

「うーん……降参です。どういう意味ですか？」

首をかしげるミアに、にっと目を細めてフィーネは言った。

「一人でも十分すぎるくらい楽しめるものなの」

(あんなに明るい声で返事をされるとは)

シオン・クロイツフェルトは会話を反芻しつつ考える。

フィーネ・ウェストミース。

早逝《そうせい》したウェストミース伯爵家前当主の娘であり、人付き合いが苦手で外に出ることもできないひきこもりの令嬢。

社交界に顔を出したことはなく、器量が悪く教養もないどうしようもない出来損ないだという噂が、現当主夫妻から語られて広まっていた。

しかし、実際の彼女は噂されていたそれとは異なる人物像をしているようにシオンには感じられた。

(そこまで人付き合いが苦手という風には見えない。社交界に顔を出さなかったのには何か別の理由があるのか)

しばしの間、考えてからシオンは顔を上げる。

(俺には関係のないことだ)

貴族の結婚に愛はない。

少なくとも、彼が育ったクロイツフェルト家ではそういうことになっている。

放蕩の限りを尽くし、救いようのない外道として、幾多の人を傷つけながら自らの快楽を追求した祖父ベルナール。

絶大な権力を持っていた彼の我が儘によって、家の中はひどい有様だった。

祖父はシオンを気に入り、手元に置きたがった。見限られた父と母は、家に近づくことを許されなかった。

シオンはいつも一人で過ごしていた。

金目当てで祖父に近づく権力者と女たち。

欲に塗れた醜悪な関係。

漂う酒と煙草と薬物の香り。

信頼できる相手なんて一人もいない。

自然とシオンは魔法の世界にのめり込むようになった。

魔法に打ち込んでいる間だけは、歪な家族と愛されない寂しさを忘れられたから。

しかし、幸か不幸か彼は類い希《まれ》な資質を二つ持っていた。

『すごい……こんな数値見たことがない……』

ひとつは、他を寄せ付けない突出した魔法の才能。

『ねえ、教えて。あの素敵な方のお名前は？』

もうひとつは、望まずとも他者を惹きつける魔性の瞳。

周囲は自然と彼に惹きつけられ、冷静さを失った。

羨望の目で見られることも多いその資質は、彼の場合ほとんど呪いだった。

八歳の誕生日を迎えた数日後、シオンはずっと年上の男性に腕尽くで押さえ込まれ、身体を触られた。

男は祖父と仲がいい聖王教会の司教様だった。

シオンは大人を信じられなくなった。

十歳の夏に彼はずっと年上の女性に物陰に連れ込まれ、身体を触られた。

シオンは女性を信じられなくなった。

寒気がする感触が頭の中に残っていた。

自分が汚れてしまったような感じがした。

近いことが他にも何度もあったから、シオンは常に周囲を警戒していたし、誰も信じることができないと思うようになった。

(人間は生まれてから死ぬまで一人だ)

シオンは思う。

(人は信じられないし、信じる必要もない。家族も友人も恋人も自分にはいらない)

しかし、そう思おうとしているのに、頭をよぎるのはひとつの面影。

ずっと死にたいと思っていた自分を救ってくれたある人のこと。

シオンは首を振って深く息を吐く。

(俺は一人でいい。それでいい)

顔合わせから数日後、フィーネとシオンの結婚式が行われた。

挙式の後は披露宴と立食パーティー。

そこで行われるのは、貴族同士の勢力争いだ。

どの順番で挨拶し、誰と誰が交流するか。

一挙手一投足を貴族たちは監視し合っている。

特に当主が交代した今、クロイツフェルト家は細心の注意を払わなければならないのだろう。

公爵家の方々は綿密な準備と計画の下、慎重に会食を進めているようだった。

必然、フィーネも次期公爵夫人として、様々な方から挨拶をされることになる。

(顔も名前もまったく覚えられる気がしないわ……)

幽霊屋敷の中で外部の人と接することなく育ったフィーネにとって、社交界は慌ただしくてとてもついていけない。

(みんなよくこんなめんどくさいことできるわね。帰って本読みながらゴロゴロしたい)

そんなことを思っていたフィーネに、声をかけてきたのは義母だった。

「本当に忌々《いまいま》しい。運にだけは恵まれたみたいね」

義母は苦々しげに言う。

「役立たずの貴方に味方は一人もいない。忘れないように」

その隣で、義妹が言った。

「精々がんばって。絶対うまくいかないだろうけど」

嗜虐的な笑み。

フィーネのことをよく思っていない人は他にも多くいるみたいだった。

義母と義妹がフィーネのよくない噂を流しているというのは、本当のことなのだろう。

冷たい視線。ひそひそと噂話をしている声が聞こえる。

「あれが噂のひきこもり令嬢ですって」

「次期公爵夫人が務まるのかしら」

「絶対失敗するわね。ちょっとかわいそ」

笑い合う姿に、ミアが小声で言う。

「気にすることないですよ、フィーネ様」

フィーネは顔を俯けていた。

垂れ下がった前髪。

物憂げな表情。

(このお食事を容器に入れて持ち帰ることってできないかしら)

食べ物のことしか考えていないという事実に気づいていたのは、付き合いが長い幽霊さんだけだった。

あきれ顔でフィーネを見ていた幽霊さんは、不意に瞳を揺らす。

視線の先には、髭をたくわえた男性がいた。

華やかな社交の場で、男性は一人、分厚い本に何かを書き込んでいる。

『へえ』

と興味深そうにのぞき込んでから、手招きしてフィーネを呼んだ。

『ちょっと来て。この人、面白いことしてる』

幽霊の声は空気を揺らさない。

それが聞こえるのはフィーネだけだ。

ふと気になったような演技をしつつ、フィーネは男性に近づく。

白髭の男性は本の余白に小さな字をびっしりと書き込んでいた。

古代アルメリア式魔術言語で書かれたそれは、普通の人にはまったく何を書いているのか理解できない。

しかし、幽霊屋敷で魔術言語に触れていたフィーネはその内容をある程度理解することができた。

古書に書かれている魔術理論を応用する新しい仮説を検討しているところらしい。

(なにこれ、面白い……)

見れば見るほどフィーネは彼の仮説に引き込まれた。

そこにはフィーネが知らない最新の現代魔術理論が多く使われていたし、考えてみたいと思わせる色気があった。

フィーネはじっと本をのぞき込み、考える。

「フィーネ様？」

不思議そうなミアの声もまったく聞こえていない。

感情のない瞳。

加速する思考。

小さなひらめきの種が急速に実を付け枝葉を伸ばしていく。

フィーネは何かに導かれるように男性がテーブルに置いていた万年筆を手に取り、頭に浮かんだ何かをそのままテーブルに書き始める。

旧文明で使われていた古代魔法の理論を応用した証明を書いてから、我に返って息を呑んだ。

次期公爵夫人としてはおかしな振る舞い。

集まる周囲の奇異の視線。

「ちょっと、今の何？」

「早速やらかした？」

ささやくような声での冷笑。

義母と義妹もそれ見たことか、という顔でこちらを見ている。

何より致命的だったのは、発端になった髭をたくわえた男性が、眉間に皺《しわ》を寄せてフィーネを見ていたことだった。

（め、めちゃくちゃ怒ってる……完全にやってしまった……！）

取り返しの付かない失礼な行い。

あわてて取り繕おうとするけれど、言葉が出てこない。

「ふぃ、フィーネ様は本が大好きでとても頭がよくてですね。だから、ついこの方の読んでいる本に興味を惹かれてしまったと言いますか」

向けられる高貴な身分の方々からの視線に、青ざめながらフォローするミア。

私も何か言わなきゃ、とフィーネが口を開こうとしたそのときだった。

「間違いない……」

白髭をたくわえた男性は言った。

「天才だ……」


いったいこの人は何を言っているのか。

まったく状況が飲み込めず、困惑するフィーネに男性は続けた。

「君はいったいなんだ。どこで魔法を学んだ。師はいるのか。何を手本にした。使っていた教科書は。どんなことでもいい。君のことを私に教えてくれ」

まくし立てるような言葉。

身を乗り出してきた男性にフィーネが後ずさったそのときだった。

「申し訳ありません、先生」

割り込んできたのは形式上の旦那様――シオン・クロイツフェルトだった。

「妻が思索の邪魔をしてしまいましたか」

何かフィーネが粗相をしてしまったと思ったのだろう。

当然だ。

あの状況を見ていた者なら、誰でもそう思う。

（《氷の魔術師》が先生と呼ぶ相手……？）

一方で、フィーネは髭をたくわえた男性が何者なのか、思考を巡らせていた。

王国魔法界のことにはあまり詳しくない。

知ることによって悩みが増えそうなのが嫌だったし、そもそも他人のことにあまり興味がないフィーネである。

人間界のあれこれより、本と魔法の方が彼女にとって幸せをくれる重要なものなのだ。

視線の先で男性が言う。

「シオン君、教えてくれ。彼女は何者だ。どうしてあんな証明が書ける」

「証明？」

怪訝《けげん》そうに言うシオンに、男性はテーブルに書かれた証明を指さす。

「……これを君が？」

シオンの言葉に、フィーネは戸惑いつつもうなずいた。

「そうですけど」

「ここで使われているのは現代魔法理論とはまったく異なるアプローチと思考法だ」

白髭の男性は言う。

「王立魔法大学で名誉教授を務める私でさえ全容を理解することができない高度で複雑な古代魔法の応用」

(名誉教授!?　めちゃくちゃすごい人じゃない!?)

想像以上の大物で絶句するフィーネ。

「しかも、即興でだぞ。私のメモを見て一分足らずでこれを書いてしまった。驚異的な才能だ。どうしてあんな発想ができるのか私にはまったく見当が付かない」

興奮した声で言う名誉教授。

気がつけば、周囲には人だかりができている。

騒ぎを聞きつけて寄ってきたのだろう。

(な、なんか大変なことになってしまってる……！)

動揺のあまり白目になるフィーネ。

注がれる周囲の視線。幽霊屋敷でずっと一人で暮らしてきた彼女には、あまりにも荷が重すぎる注目度。

（落ち着くのよ私……このくらいのことに気圧されてなんていられない。私には、街路に咲く蒲公英《たんぽぽ》のように踏まれ続けて育った逆境耐性がある……！）

自分を奮い立たせ、周囲ににっこりと笑みを返して言った。

「今朝たまたま読んだ本に、似た発想の部分があって思いついただけなんです。さすが先生は褒めるのがお上手ですね。では、お腹が痛いので本日はこの辺りで失礼させていただきます」

三十六計逃げるにしかず。

自然に状況を離脱する完璧な作戦。

（さすが私！　病気のふりをするなんて高度な作戦、みんな考えたことないだろうし、絶対にバレるはずがないわ！）

世間知らずで人とのコミュニケーションをほとんど取らずに育ったフィーネは、勝利を確信し自信に満ちた表情でその場を後にした。


（なんだあのあまりにもわかりやすい仮病……）

フィーネの逃走作戦が誰にも止められなかったのは、それがあまりにも見え透いた程度の低すぎるものであったからだった。

人間というのは不思議なもので、露骨に隙のあるものを見せられると、何か裏があるのではないかと勘ぐってしまう性質がある。

まして、フィーネの場合はそれまでの状況が彼女を後押ししていた。

王立魔法大学で名誉教授を務め、《氷の魔術師》の師としても知られるオースティン教授が絶句するほどの才能を見せた伯爵令嬢。

外に出ることもできないひきこもりで、何もできない出来損ない。

そんな社交界での噂は、ほんの数分でまるで違うものに塗り替えられ始めていた。

(クロイツフェルト家が目を付けたのはこれが理由か。いったいどこでそれほどまでの才能を)

息を呑む貴族たち。

(何者なんだ、あの子は……)


フィーネが立ち去った後、シオンはじっとテーブルに残された魔術言語に視線を落としていた。

唇を引き結んでそれが指し示す高度に抽象化された理論を追う。

何かに気づいたように、瞳を小さく見開く。

「あの、シオン様。お姉様は具合が悪いようですし、よかったら私と――」

しかし、フィーネの義妹であるオリビアの言葉はシオンの耳に届いてはいなかった。

弾かれたように顔を上げ、フィーネが立ち去った方向へ急ぐ。

テーブルに書かれた証明の断片が彼の心を激しく揺さぶっていた。

（あれは、《黎明の魔女》が書いた『八次元と二十四次元における魔法式崩壊定数の考察』と同じ古代魔法の論理展開——）

衝動を抑えることができない。

真っ白な頭でフィーネの後を追う。

仮病を使って会場を離脱したフィーネは、私室のソファーに腰掛けてほっと息を吐《つ》いていた。

「大丈夫ですか、フィーネ様？」

ミアが心配そうに言う。

「フィーネ様がお腹を痛められるなんて……大奥様が嫌がらせに腐りかけの食べ物を出しても、まったく気づかずに食べて平気な顔をしてたフィーネ様なのに……」

「その話、私知らないんだけど」

「フィーネ様は普通に目を細めておいしいって言ってました」

（あれ？　もしかして、私ってとんでもなく貧乏舌なのでは……？）

一瞬そんな疑念が浮かんだが、なんでもおいしいと感じるのはいいことだし、深くは考えないことにした。

都合の悪いことからは全力で目をそらしてフィーネは楽しく毎日を生きることにしている。

「あ！　お腹治ってきたわ。大丈夫みたい」

「ほんとですか！　よかった」

「治ったらお腹空いてきたわね。後片付けを担当する侍女さんに言って、残ったお料理を持ってきてもらえるよう頼んでくれないかしら」

「わかりました！　容器いっぱいに持ち帰ってきますね！」

張り切って部屋を出て行くミア。

一人になったフィーネは、ほっと息を吐いて周囲を見回す。

幽霊さんはいない。

気になるものでも見つけてその辺をふらふらしているのだろう。

（ああ、落ち着く……！　一人最高……！）

人でいっぱいだった騒がしい会食会場を離れ、ソファーに寝転んでごろごろしていると、不意に聞こえたのはノックの音。

（ミア！　早かったわね！）

「ごはん♪　ごはんー♪」と鼻歌を歌いながら扉を開けたフィーネは、そこにいた人物を見上げて固まった。

《氷の魔術師》シオン・クロイツフェルト。

《黎明の魔女》を付け狙う天敵であり、政略結婚の相手である旦那様。

「け、決して腹痛が嘘だったわけではなくてですね。私室に戻ったら落ち着いたと言いますか」

「嘘なのは最初からわかっている」

「えっ!?」

「それより、先ほどの証明のことだ」

感情のない無表情。

氷のように冷たい瞳。

驚くフィーネを壁際に追い詰めて言った。

「六行目に書かれた第二補助式を使った論理展開。あれを誰に教わった？」

（あ、これロマンス小説で見たことあるシチュエーション）

壁にドンされる昔ながらのやつ。

（実体のある男性と話したこともほとんどない私が経験する日が来るとは）

他人事《ひとごと》みたいに思ってから、問われたことへの返答を考える。

（幽霊さんに教わったっていうのが本当のところなんだけど、そんなこと言っても頭のおかしい子扱いされるだけだろうし……）

いったいどう答えればうまくごまかせるだろう。

思考をめぐらせるフィーネに、シオンは言った。

「《黎明の魔女》に教わった。違うか」

「…………っ！」

フィーネは呼吸の仕方を忘れた。

「どうして……?」

「《黎明の魔女》が書いた『八次元と二十四次元における魔法式崩壊定数の考察』と同じ論理展開が使われていた。あれを使いこなせる魔法使いが他にいるとは思えない」

彼の言葉が客観的に見て妥当性のある事実に基づいていることを、書いた当人であるフィーネは誰よりも理解していた。

(なんでそんなに細かいところまで……)

フィーネは心の中で頭を抱える。

(そこまで徹底的に調べ上げるほど私に強い恨みを持っているということ……!?)

間違いない。

命の危機だ。

なんとしてでも、正体が特定されるのだけは避けなければならない。

しかし、下手なごまかしが通用しないのは、人付き合いをほとんど経験せずに育ったフィーネでも感覚的にわかった。

(私が《黎明の魔女》本人だと思わなかったのはおそらく、年齢が若すぎるから)

まさか、『八次元と二十四次元における魔法式崩壊定数の考察』の論文を十二歳で書いたとは思わなかったのだろう。

（であれば、その誤りを最大限利用して真実味のある嘘を作る……！）

「そうです。《黎明の魔女》に教わりました」

シオンの形の良い瞳が見開かれた。

「どこで彼女に会った？」

「お屋敷の裏手にある山です。お屋敷を抜け出して遊んでいたら偶然お会いして、仲良くなって」

「どのくらいの時期だ？」

「八年前です」

《黎明の魔女》として活動を始める前だ。

これなら、探られても何の手がかりも出てこない。

「見つけた……やっと手がかりを……」

小さなつぶやきが零《こぼ》れた。

かすかな表情の変化。

大きな喜びの感情がそこには混じっているように感じられた。

（あれ？　なんだかちょっと人間っぽい）

冷酷無慈悲で感情がないという評判だったはずなのに。

意外な表情に感心しつつ、フィーネはこの状況を最大限利用する策を考える。

《氷の魔術師》はこれから《黎明の魔女》の正体を追うはず。この感じだと今まで以上に仕掛け

てくるかもしれない）

自らの正体を暴こうとする危険な天敵。

安全を確保して公爵家の中を探索するためにも、彼の動向については確実性の高い情報が得られる状況を作っておきたい。

「よかったら、協力させてもらえませんか」

フィーネの提案に、シオンは唇を引き結んだ。

「……協力？」

「私にも《黎明の魔女》を追うお手伝いをさせてもらえないかな、と」

「どうしてそんな提案をする？」

「一応形式上ではパートナーになったわけですし、力になりたいなって」

「君にそこまでする理由はないだろう」

シオンは怪訝な目でフィーネを見つめた。

「ありますよ。旦那様なので」

「俺は君を冷たく突き放した」

「大丈夫です。全然気にしてませんから」

「しかし……」

言いよどむシオン。

　フィーネはなんとか同意を得ようとするけれど、堅牢な意志の壁はなかなか崩せない。

「できない。君にそこまでは頼めない」

「どうしてですか？」

「形式上とはいえ、君が私の妻だからだ」

（なるほど。たしかに他の女性を捜す手伝いを頼むのは、結婚したばかりの奥さんに対してやっていい行いではないかもしれない）

　その理由が、たとえ《黎明の魔女》を見つけだしてボコボコにすることだったとしても、結婚相手からするとうれしいことではないはずだ。

（つまり、その不安を払拭すれば事態は改善できるわけね！）

　突破口を見つけて、フィーネは言った。

「大丈夫です！　私も旦那様と同じであくまで形だけの政略結婚のつもりですし、男性として全然見ていません！　生きている人間より本と魔法の方が好きなので、何があってもまったく傷つかないと断言できます！　なので、安心して私に協力させてください」

　胸を張るフィーネを、シオンはしばしの間呆然と見つめた。

　逡巡してから言う。

「本当にいいのか？」

「ええ。問題ありません」

「俺がどういう理由で彼女を追っていたとしても？」

「はい。旦那様にまったく興味ないのでっ」

力強い断言。

シオンは数秒の間瞳を見開いてから、少しだけ口角を上げて言った。

「わかった。ありがとう。よろしく頼む」

（よし！　協力関係完成！　敵内部の情報は全部私に筒抜けよ！）

勝利を確信し、心の中で悪い笑みを浮かべるフィーネ。

（さあ、情報収集といきましょう。まずは私にいったいどんな復讐をするつもりなのか）

復讐の内容について把握しておけば、前もって対策と準備をすることもできるかもしれない。

「でも、どうして《黎明の魔女》を捜しているんですか？」

「それは……」

「大丈夫です。どんなに残虐な理由だろうと私は引いたりしません。安心して、用意しているえげつない報復の方法と一緒に教えていただければ」

「君は俺のことをなんだと思ってるんだ？」

「悪めなご家庭ですくすくと育った少しだけやばめな次期当主様です」

「…………」

深く息を吐いてから、シオンは言った。

「君の考えているような理由じゃない。むしろ逆だ」

「逆？」

「俺は彼女に感謝している。そして、多分……」

かき消えそうな声で発せられたその言葉を、フィーネはうまく聞き取ることができなかった。

「すみません。よく聞こえなくて」

「ああ、すまない」

頭をかいて、顔をそらして言った。

「恋をしている。彼女に」

「………………」

フィーネはしばしの間無表情でシオンを見上げていた。

やがて、言った。

「………………は？」

驚くべきことに、《氷の魔術師》は《黎明の魔女》に恋をしているらしい。

意味がわからなすぎてしつこいくらいに確認したのだけど、それでもまったく意見を変えなかったから、おそらく彼の言葉は事実なのだろう。

「……どこがいいんですか？」

フィーネは内心の動揺を隠しつつ言う。

「あの人、人間的に少し問題があるというか。貴方に対しても嫌がらせとかしたんじゃないかなって思うんですけど」

「君の知る《黎明の魔女》はそういう人なのか。興味深い」

無表情でじっとフィーネを見つめてから続ける。

「俺の知る《黎明の魔女》は優しい人だった。死者同然だった俺を無償で治療し、その間ずっと生きることの素晴らしさを伝え続けてくれた。なんて情に厚く心があたたかい人なんだと思った」

(私の嫌がらせ、めちゃくちゃ好意的に解釈されてる!?)

『殺してくれ』と言ったときの目が気に入らなかったがゆえの、百パーセント純粋な悪意による行動だったのに!

「でも、四年前のたった一ヶ月の出来事ですよね。そこまで想い続けるほどのことではないような」

「俺にとっては生まれてから初めて『生きていたい』と思えた瞬間だった。救われた」

「だけど、それだけの時間では相手のことなんてそこまでわからないのでは」

「わかっているとは言えないだろうな。だが、彼女は俺に自分のことをたくさん話してくれた。本の匂いには幸せをくれる何かが混じっていること。雨の音を聞くと心が落ち着くこと。夏の夜は風が心地良いこと。屋根の上から見上げる夜空が美しいこと。そこで飲む野草を煎じたスープは本当

においしいこと」

（なんでそんな綺麗な思い出になってるの……嫌がらせだったのに……）

困惑するフィーネ。

「何より素敵だと感じたのは、彼女の考え方だ」

シオンは言う。

「恵まれていない環境でも考え方次第で幸せになれる。その前向きさと強さが輝いて見えた。普通の人と違う変わったところもすごくいい。たとえば――」

（内面すごい褒めてくれるじゃん!?　ベタ惚れじゃん!?）

経験したことのない事態にくらくらするフィーネ。

（す、好きとか言われたことないから免疫が……そんな風に言われるとどんな顔していいかわからないというか）

顔が熱くなるフィーネに、シオンは言う。

「すまない。傷つけてしまっただろうか」

「いえ、嫌ではないです。むしろ聞いていて幸せなのでもっと続けていただいても」

「どうして君が幸せになる？」

「れ、恋愛話好きなんですよ。特に片思いの話とか好みで」

咄嗟についた嘘だったが、それなりに説得力のあるものになったのは幸運だった。

女性が恋愛の話を好むという一般的なイメージもあって、彼は納得してくれたらしい。

「だが、彼女に想いを伝えたいとは思っていない。貧しい出自のようだし、うちは悪評も多い公爵家だ。結婚することは許されないし、近づくことで傷つけてしまうかもしれない。ただ、もう一度会って感謝を伝えたい。貴方のおかげで生きていたいと初めて思えた、と」

愛しさと切なさがないまぜになった表情だった。

（いや、その人私なんだけど……）

当人と既に結婚し、現在進行形で目の前にいるなんてことは夢にも思っていないようだった。

（な、なんなのこの状況……!?）

フィーネはあわあわしながら、内心の動揺を懸命に隠していた。


『なかなか興味深いことになってるみたいだね』

シオンが部屋を出て行ってから、聞こえてきたのは幽霊さんの声だった。

「盗み聞きは良い趣味とは言えないわよ」

『悪いことをしたとは思ってるよ。ただ、君を守らないといけない僕としては聞いておかないといけない話だと思ったから』

「たしかに、今後の方針を考える上では重要な話だったわね……」

フィーネは先ほどの会話を思いだして、頭を抱える。

「《氷の魔術師》が私に片思いして追いかけてたって何よその意味不明な状況！　私、嫌がらせしかしてないのに！」

『思いはなかなか正しく伝わらないものだから。にしても、あの懸命な捜しぶりも彼の本心を知ると大分印象が変わってくるね』

「…………」

顔を赤くするフィーネに、幽霊さんは目を細める。

『君が楽しいことになってて僕はうれしいよ』

「うるさい」

恨みがましく見つめてから、フィーネは言う。

「とはいえ、私たちの目的を考えれば状況は良い方向に進んでる。協力者として《氷の魔術師》の動向をつかめる立場になれたから、安心してクロイツフェルト家の探索を始められるわ。幽霊さんの研究を完成させるために必要な《ククメリクルスの鏡》。所有してたベルナールが失脚したのは想定外だったけど、次期当主夫人という立場でも十分持ち出すことは可能だろうし」

『いいのかい？』

幽霊さんの言葉にフィーネは怪訝な顔をした。

「何が？」

『僕に協力する必要はない。それよりも僕は君に幸せになってほしいんだ。心の声を聞いて、したいことをして、自分の望みを叶えてほしい。悪徳公爵との結婚には問題しかなかったけど、実際に結婚した次期当主はそこまで悪くない相手に見える。《黎明の魔女》としての君に強く惹かれているようだし、正体を明かせば幸せな結婚生活を送れるかもしれない』

「ありえないわね」

フィーネは言った。

「そういうタイプじゃないのよ、私。一人で幸せに生きていける性格だし、誰かに養ってもらうみたいなのは性に合わない。曲がったことは許せないから、貴族社会で生きるのは向いてないしね。何より――――」

少しの間、逡巡してから続けた。

「私にとっては幽霊さんの方がずっと大切。あなたの存在にひとりぼっちだった私がどれだけ救われたか。恩人の望みを叶えることより大事なことなんてないわ」

『でも、僕は君に自分のことを優先してほしくて』

「これが私にとって一番望んでいることなの」

フィーネは言った。

「変更は必要ないわ。計画を進めましょう」

夜の寝室。

仕事を終えて一息ついてから、シオンはフィーネとの会話を反芻していた。

(想像していたものとはまったく違っていた)

外に出ることもできないほど対人関係が不得手。

そんな前評判に反して、彼女は驚くほどに話しやすい相手だった。

他者を信用できず、胸の内を明かすことに抵抗がある自分なのに、気がつけば正直な気持ちを口にしてしまっていたほどに。

信じられると思えたのはなぜなのか。

その理由にシオンは気づいている。

(彼女は、あの人に似ている)

自分を救ってくれた《黎明の魔女》。

彼女の声と言葉使いには、あのときに聞いたそれに似たものがあるように感じられた。

(多分弟子として、彼女の傍《そば》にいたから)

魔法のことだけではなく、人間性の部分でも少なくない影響を受けているのだろう。

そのかすかな気配だけでもシオンは、この上なく満ち足りた気持ちになることができた。

四年の月日が押し流す時間と薄れゆく記憶。

懸命に追い求めていた彼女の影。

(やっと見つけた……近づけた……)

扉を開けて、私室のバルコニーに出る。
吹き抜ける心地良い夜の風。
曇り空の隙間から覗く小さな星。
北の空で瞬《またた》くそれに手を伸ばした。
つかめないのは知っている。
だけど、それでもいい。
手を伸ばしたい。
会って話がしたい。
あのときみたいに。
そして、貴方のおかげで生きていられるのだと伝えたい。
世界のすべてを手に入れる手がかりをつかんだような気がした。
彼女は自分にとってきっとそれだけ価値のある存在なのだろう。
ほんの少しの前進。
なのに、それだけで胸がいっぱいになっている。
(会えたら、いい)
子供じみた淡い期待が胸の中にあった。

第二章　新生活

朝。

小鳥のさえずりと、カーテンから零れる透き通った日差し。

うんと伸びをしたフィーネは、身体の調子が普段より良いことに気づいていた。

(幽霊屋敷のベッドと全然違うわ……横になったら気持ちよすぎてすぐ夢の中だもの)

思いだされる幽霊屋敷の記憶。

いたるところが破損したボロボロのベッドは藁が敷かれていて固く、身体の節々が痛むのが日常だった。

(どこも痛くない……すごいわ、次期公爵夫人生活)

「おはようございます、フィーネ様」

ミアと公爵家の侍女さんたちが身支度を手伝ってくれる。

「朝食のご用意ができました」

快適な上流階級の生活。

（本当に三食ごはんが用意されてるなんて……信じられない……）

一日一食しか食べられなかった幽霊屋敷での暮らしとはまったく違う。

あまりの振り幅に呆然としつつ、用意してくれた部屋へ向かう。

（すごい！　朝からなんて豪勢なお食事！）

彩り豊かなテーブルに目を細めるフィーネ。

そのとき、視界の端に映ったのは意外な人物だった。

見間違いだと思って目をこする。

だって、その人はこの場所にいるわけがないはずで——

『君は何もせず、ただ屋敷の中でじっとしていればいい。俺に干渉しないこと。求めたいのはそれだけだ』

自分に関わるな。

それが彼の望みだったはずなのに。

「……なんでいるのですか？」

フィーネは困惑しつつ、シオンに言った。

フィーネの言葉に、シオンはしばしの間黙り込んでいた。

音のない部屋。

長い沈黙。
感情の見えない無表情でフィーネを見つめる。
それから、視線をそらして言った。
「……あの人の話が聞きたい」
フィーネの瞳が揺れる。
（この人、《黎明の魔女》のこと好きすぎでは……）
気恥ずかしくて頬をかく。
見ていた幽霊さんが気づいて目を細める。
鋭く睨んで、追い払った。
「わかりました。では、《黎明の魔女》のことを話した。
フィーネは《黎明の魔女》のことを話した。
シオンは静かに相づちを打ちながら聞いていた。
氷のように冷たい瞳。
フィーネは少し不安になる。
辺境に幽閉され、人付き合いをほとんど経験せずに生きてきたフィーネだ。
場数があまりにも少ないから、人と話すことはどちらかと言えば苦手な方。
（わ、わかりやすく面白く話すにはどういう風に話せば……）

考えて言葉に詰まるフィーネに、シオンは言った。

「……続きは？」

「え？」

「続きが聞きたい」

淡々とした言葉の中に、強い意志が感じられた。

（あ、めちゃくちゃ楽しんでるっぽい、この人）

フィーネは考えるのをやめて、続きを話す。

「少し専門的な話になるんですけど、ここで《黎明の魔女》は特殊な構造の魔法式を使ってまして」

「アンリ＝スコルズ魔法式。最適化されたなめらかな速度ベクトル場と圧力のフラジール場」

「ご存じなんですか？」

「彼女が使う古式魔法については研究した」

「おお……」

「とても美しい魔法式だった」

「え!?　そう！　そうなんです！」

フィーネは声を弾ませて言った。

「あの魔法式は構造がすごく美しいんです。まるで、神様が作ったみたいに全体が響き合って調和してて。実用性に欠けるところがあるのは少し残念なんですけど」

「だが、実用性より大切なことがある」

「それです！　魔法式の真価は美しさにあってですね。綺麗な魔法式はそれだけで何にも代えがたい価値があって――」

早口になってしまうフィーネだったが、シオンはそれも繰り返しうなずきながら聞いてくれた。

魔法が好きで、幼少期からずっと打ち込んできた二人だから少なからず似ている部分があるのだろう。

驚くべきことに、昼食の際も彼は仕事から帰ってきて《黎明の魔女》の話を聞きたがった。

忙しい仕事の合間を縫って強引に帰ってきたらしい。

料理人が用意した軽食を手に、十数分話を聞いて慌ただしく仕事に戻る。

夕食時もフィーネに合わせて帰ってきて、持って帰ってきた大量の仕事を夜遅くまで続けていた。

「シオン様はいつも夜遅くまでお仕事されています。今は特に、クロイツフェルト家のことで処理しなければならない仕事が多いようでして」

使用人の言葉を聞いて思いだしたのは、彼の父シャルルの言葉だった。

『実は、今回のことは息子のシオンが計画してくれてね。父に反感を持っていた者たちをまとめ上げて、当主の座から追い落としてしまった。私も手伝いたかったんだが、ほとんど何もすることがなかったんだ』

当主交代を主導したのが彼というのは事実なのだろう。

だからこそ、普段以上に忙しい毎日を送っていて。

にもかかわらず、無理をしてでも《黎明の魔女》の話を聞こうとする。

「そこまでして聞くような話じゃ絶対ないのに」

『それだけ愛されてるってことじゃない？』

からかってくる幽霊さんをパンチする。

空を切る感触と、煙のように霧散する身体。

実体のない相手は殴れないから厄介だ。

「これはあくまで一時的なものよ。私から大した話が聞けないとわかれば、遠くないうちに彼が当初望んでいた通りの形だけの関係に戻るはず。それより、私たちは当初の目的を果たすことに集中しましょう」

次期当主夫人の立場を利用して、《ククメリクルスの鏡》の情報を集める。

しかし、前当主は極めて注意深くそれがどこにあるのか隠していたみたいだった。

有力な情報はおろか、ヒントになりそうなものさえ見つからない。

（すぐに見つけて、とっととおさらばするつもりだったのに……）

思うように進まない捜索。

流れていく時間。

望んでいないのに、快適な新生活が過ぎていく。

◇　◇　◇

「どこに隠してるのよ！　あの前当主、いくらなんでも注意深すぎるわ！」

一ヶ月が過ぎて、フィーネは未だに《ククメリクルスの鏡》を見つけられずにいた。

かすかな情報を頼りに、夜こっそり当主が暮らす邸宅に忍び込んでは、怪しいところをさぐっていたのだけど、出てくるのは関係ないものばかり。

前当主ベルナールはよほど注意深く、《鏡》を隠していたらしい。

『おそらく、誰かに寝首をかかれることも想定していたのだろうね。自らの行いで多くの人の恨みを買っているのを自覚しているからこそ、周囲の人間を信じられない一面があった』

「こっちからするといい迷惑よ。少しでも早く、こんな生活終わりにしたいのに」

『あれ？　でも、結構幸せそうに見えるけど、今の生活』

「……そうね。その点については否定しないわ」

『他の点で何か問題があるの？』

「快適すぎるのよ」

フィーネは拳をふるわせて言った。

「ごはんは三食出るし、夜はいつもテーブルいっぱいのフルコース。ベッドはふかふかで、頬をずっとこすりつけていたくなる心地良さ。魔導式のシャワーはあたたかいお湯が出るし、お風呂は足を伸ばせるくらい大きい。シェフが作ってくれる焼き菓子とケーキが常備されてるから、毎日食べてたら私の体重は十キロ増えた……」

『元がびっくりするくらい痩せてたからむしろ健康的で良いと思うけど』

「いくらなんでも心地良すぎるのよ、ここでの生活！　なんでお腹いっぱい食べられるの!?　風で壁が軋まないのも、シャワーがあたたかいのも意味がわからない！　こんな生活慣れちゃったら、普通の生活ができなくなるじゃない！　ごはんは一日一食、壊れたベッドで藁にくるまって寝るのが普通なのに！」

『普通じゃないよ、それ』

新生活の心地良さに、フィーネは激しく混乱していた。

彼女が幽閉されていた幽霊屋敷での日々とはまったく違う快適な生活。

その結果生じる生活水準上昇への慣れが、フィーネを恐れさせていた。

「こんな生活してたら、普通に戻れなくなる……その辺の草をおいしくいただけないと普通の暮らしなんてできないのに」

『普通の人はその辺の草食べないからね』

「それでも、ここは悪い噂の多い悪徳貴族家。結婚相手は冷酷無慈悲の《氷の魔術師》様。私はいじめられ虐げられ、その結果生じるストレスによって、心の平穏を取り戻せるはずだった。今まで通り、苦しい中でも前向きに、小さな幸せを大事に生きていくのが人生なんだわって」

『結果はどうだったの？』

「なんか、普通に仲良くなっちゃってるのよ、最近……」

フィーネは頭を抱える。

「一ヶ月毎日、朝昼夜の三回話してたら、なんとなく親しみを感じるようになっちゃってるというか。あの人、どんなに忙しくても絶対に時間を作って帰ってくるから……しかも、私の話を興味深そうに聞いてくれるし、私も話してて楽しいし」

『普通に仲いい友達って感じだよね、最近の君たち』

恐ろしいことに、フィーネとシオンは相性が良かった。

幼い頃から魔法に強く惹かれ、人生のほとんどをそこに注いできた二人。

意外なくらいに気が合うし、価値観にも共通することが多い。

何より、フィーネは今までずっと一人だった。

幽霊さんとミアはいたけれど、幽霊屋敷の外にいる誰かと仲良くなるのはこれが初めて。

生まれて初めてできた外の世界の友達。

その存在は、彼女が抱えていた寂しさと渇きをちょうどよく潤してくれているみたいだった。

（これが友達というものなのかしら……）

瞳を揺らすフィーネに、幽霊さんはにっこり目を細める。

『君が幸せそうで僕はうれしいよ』

「うるさい」

照れ隠しでしたパンチ。

心の中にあたたかいものが残っていた。


ロストン王国、王都の中心部にある大王宮。

王国における政治の中枢であるこの場所で、シオン・クロイツフェルトは最も優秀な若手魔術師として知られていた。

「最近調子良さそうだな」

声をかけたのは、宰相を務めるコルネリウスだった。

幼少期からシオンを知る彼は、この国において実務上の最高責任者を務めている。

シオンが最年少で五賢人の一人に選ばれるまで出世を重ねることができたのも、彼に気に入られ重用されたことが大きい。

その意味で二人の間には、通常の上司と部下以上の深いつながりがあることで知られていた。

「……そうですか？」

「ああ。遠征帰りの連中が驚いてたぞ。『シオンの目が死んでない！　口角が二ミリ上がってる！』と」

「気のせいでは？」

「いや、君の隠れファンであり一挙手一投足の観察をライフワークにしているレオスが言ってたから間違いない」

「なんですかその寒気がする存在」

「君の表情は以前より確実に人間味のあるものになってる。危険な最前線ばかり志願し、生還しても鬱屈とした顔をしていたあの頃からするとえらい違いだ」

「そこまで大きな違いはないと思いますが」

「少しの違いに大きなものが含まれてるんだよ。見かけに騙されてはいけない。重要なのはその奥にあるものだ」

コルネリウスはじっとシオンを見つめてから目を細めた。

「新婚生活は順調みたいだね」

「プライベートのことは詮索しないでいただけますか」

冷ややかな口調で言うシオンに、「ごめんごめん」とコルネリウスは手を振る。

「昔から知ってる私からすると、君の変化がうれしくてさ。だって、あのシオンだよ。対人関係の一切を無駄だと切り捨て、歯に衣着せぬ物言いから人の血が通っていないと恐れられた《絶対零度の冷血》。それが、奥さんと話したいから早く帰りたいだなんて」

明るい声でコルネリウスは言う。

「素敵な人なんだ」

「この仕事、断って他の人に流します」

「待って。その案件は君じゃないと困る」

「なら、無駄話せず仕事してください」

冷めた目で言って、シオンは背を向ける。

「最後にひとつだけ聞かせて」

背後から声が聞こえたのは、扉に手をかけたそのときだった。

「もう死にたくはなくなった？」

その言葉は、今までの軽口とはどこか違う響き方をしているように感じられた。

おそらく、それこそが彼が最も聞きたかったことなのだろう。

「わからないです」

部屋の外に出て扉を閉める。

その答えは、彼の正直な気持ちだった。

幼い頃から抱え込んでいた複雑な感情。

愛のない家族。

残虐非道な祖父と冷たい世間の視線。

両親が追い出されてからは狂った家の中でずっと一人だった。
祖父は周囲の人間を痛めつけることを何よりの生きがいとしていた。
響き続ける悲鳴。
無力で何もできずに聞いている子供の自分。
息をしているだけで自分が汚れていくように感じられた。
周囲にあるのは金と欲に塗れた関係だけ。
健全であたたかい愛情やつながりなんて見たことがなかったし、作り方も知らない。
自分はこのままずっと一人で生きていくのだろう。
そう思っていた。
なのに今は、少しだけ生きているのが楽しい。
あの日、自分を救ってくれた《黎明の魔女》。
四年間追い続けたその手がかりをつかんだから。
そして、《黎明の魔女》に似たその人と話す時間を、シオンは心地良く感じているから。
(どうして彼女の言葉は、胸の中にすっと入ってくるのだろう)
考えれば考えるほど不思議だった。
幼少期の経験から人間不信になっている自分がなぜか自然体で話せる相手。
最近は《黎明の魔女》と関係ない、彼女自身の話を聞くのも心地良く感じている自分がいた。

幼少期の経験から女性が苦手で、だからこそ関わらないで済む相手を選んだはずだったのに。

(自分が誰かと話したいと思っているなんて)

ずっと一人で生きてきた彼にとって、それは人生で初めての感覚だった。

普通の夫婦関係とは違うかもしれない。

でも、その時間がとても心地良い。

(なんなんだろう、この感覚は)

心の奥に、かすかに灯った不思議な感情。

(仕事が終われば、彼女と話せる)

かすかに口角を上げて、シオンは目の前の書類にペンをはしらせる。


「王立魔法大学のお手伝い、ですか?」

夕食の時間。

聞き返したフィーネに、シオンはうなずいた。

「ああ。オースティン名誉教授がどうしても自分の研究への協力をお願いしたいと言っている」

結婚式後の会食で会った白髭の男性だ、と思いだす。

検討していた仮説をうっかり解いてしまったフィーネに、熱心に声をかけていた。

「過大評価ですし、落胆させるだけだと思うので、できれば私は行きたくないんですけど」

「君は実力のある魔法使いだ。《黎明の魔女》の弟子というだけのことはある」

「……そうですかね？」

「ああ。王立魔法大学でも間違いなく通用するだろう」

意外な言葉だった。

随分高く評価してくれているらしい。

(悪い気はしないわね)

フィーネは思う。

(大学のレベルがどんなものか、後学のために経験しておいてもいいかも)

いつまで続くかわからないこの生活。

王国魔法界最高学府の中に入れる機会もこれが最初で最後かもしれない。

「わかりました。私にできることであれば、ご協力させていただきます」


一週間後。

仕事に出発するシオンを見送ってから、フィーネは馬車で王立魔法大学に向かった。

心地良い振動と、車窓を流れる見慣れない王都の景色。

大学に到着したフィーネは、何よりもまずその壮観な設備と施設に圧倒されることになった。

長い歴史を感じさせる時計塔と、王国一の規模を誇る大図書館。

美しく刈り揃えられた芝生はみずみずしく光を反射し、魔力と魔法実験の気配が至るところから感じられる。

(これが大学……)

未知の世界に息を呑むフィーネを迎えたのは、オースティン名誉教授だった。

「よくぞ来てくれた、フィーネくん。ささ、どうぞこちらへ」

先導されて名誉教授の研究室へ向かう。

道中で注がれる学生と先生たちの視線。

「おい、あれ誰だ?」

「噂の伯爵令嬢だよ。名誉教授が天才だって騒いでる」

「ああ、審議会で揉めた原因の」

(なんか注目されてる……)

慣れない状況に戸惑いつつ、研究施設の廊下を歩く。

ひそひそとした噂話が聞こえる。

「ずっと屋敷にひきこもってたんだろ」

「独学で魔法教育を受けたこともないんだと」

「そんな女に大学レベルの力があるのか?」

「名誉教授も耄碌《もうろく》したんだろ。かつての天才も今はただの老人ってことさ」

(好き勝手言われてるし……)

どうやら、あまり歓迎されてはいない様子。

幼い頃から質の高い魔法教育を受けてきた彼らにとって、すべて独学で魔法を学んだというフィーネの話はにわかには信じられないものなのだろう。

自分たちのやり方を否定されているような気持ちになったのかもしれない。

そんな学内の声に対し、フィーネの頭をよぎったのはひとつの素直な思いだった。

「……殴りたい」

「え？」

名誉教授は驚いた顔で振り返る。

「今、何か言ったかい、フィーネくん」

「いえ、何も言っておりませんわ」

「そうか。よかった。なんだか穏やかでない言葉が聞こえた気がしたから」

「気のせいです。そんなこと言うわけないではないですか」

にっこり目を細めて言うフィーネ。

幽霊さんは、白い目でそんなフィーネを見つめていた。

研究室が連なる東棟の廊下を進む。

どこからか薬品とエーテルの匂いがする。

「お待ちください、名誉教授」

二人を呼び止めたのは、銀縁眼鏡の男性だった。

両脇に教授と助教授を引き連れた彼は、冷ややかな声で言う。

「審議会でも問題になったでしょう。部外者を研究室の中に入れるのは大学の規則違反です。違いますか」

（なんか揉めてる……）

遠い目をするフィーネ。

名誉教授は眉をひそめて言葉を返す。

「優秀な研究者を外部から招聘《しょうへい》するのは、規則上何の問題もないと思うが」

「そうですね。彼女が優秀な研究者であるならば問題はありません。しかし、彼女には何の実績もない。家の中にひきこもって、勉強はずっと独学でしていたという話ではないですか」

淡々とした口調で銀縁眼鏡の男性は言う。

「そんな人物が大学レベルの知識と魔法技術を身につけられるはずがない。知識と技術は人と交わってこそ磨かれるものなのです。研究室に彼女を入れた場合、我々は貴方を秘密保持規則違反で訴えなければならない」

名誉教授は静かに首を振った。

「違うな。彼女の実力は本物だ」

「では、証明してください」

銀縁眼鏡の男性は言う。

「私が課す課題に合格できれば、彼女の実力を認めましょう」

周囲で見ていた学生たちがざわめいたのはそのときだった。

「おい！　シュテーゲン教授、例の嫌がらせ試験やるって」

「マジかよ。創立以来解けた人いないんだろ、あの課題」

「魔導皇国の宮廷魔導師も解けなかったって話だったはず」

口々に言う学生たち。

予想外の事態に、フィーネは頭を抱えた。

(なんだか、変なことに巻き込まれてる……!?)


第六演習室。

学生たちから《鬼畜眼鏡》と恐れられるシュテーゲン教授の実技課題。

そこで使用される《エメラルデラの箱》は最高硬度を誇る最新鋭の魔道具だ。

百九十八の魔法障壁によって厳重にコーティングされたその箱を開けるには、設定された解となる魔法式を導き出さなければならない。

魔導皇国の宮廷魔導師でも開けられなかったという異様な難易度の課題。

しかも、箱の準備を任された助手の女性には、フィーネに対する個人的な恨みがあった。

（あんなひきこもりの芋女がシオン様と結婚なんて許せない……！）

わき上がる怒り。

学生時代からシオンを知る彼女は、彼が《みんなのシオン様》として声をかけてはならない特別な存在だったことを深く記憶していた。

抜け駆けは絶対に許されない。

もしそんなことをすれば、相応の制裁が下されることになる。

（私は我慢してたのに。ルールを守って、一度も話しかけなかったのに）

思いだされる青い春の記憶。

飛び級で合格した年下の彼。

話しかけることはできなかった。

ずっと見ているだけだった。

本当はわかっている。

何を間違えたのか。

だけど、認めることなんてできない。

少なくとも今は――

（痛い目に遭って当然なのよ。だって、シオン様と結婚なんてうらやましすぎる状況を経験できて

るのだから）
胸を激しく焼く嫉妬の炎。
強くなりすぎた思いは、冷静な視点を彼女から奪い去っていた。
（間違えたふりをして解答が設定されてない予備の箱とすり替えてやる。みんなの前で大恥をかけばいいわ）

急遽行われることになったシュテーゲン教授の実技課題。

第六演習室は、好奇心に誘われた学生と先生たちがあふれそうなくらいに詰めかけていた。

（めちゃくちゃ注目されてる……なんで!?）

それはこの一ヶ月、名誉教授がことあるごとにフィーネの名前を出し、本物の天才だと言って回っては周囲とトラブルを起こしていたからなのだが、フィーネはそんなこと知るよしもない。

（大勢に見られるのは慣れてないのに……胃が痛い……）

めまいがしそうなフィーネに、《鬼畜眼鏡》のシュテーゲンは冷ややかな声で言った。

「貴方には、私が用意した《エメラルデラの箱》を開けてもらいます。この箱がどういうものなのかはもちろんご存じですよね」

「……なんですか、それ」

あきれ顔をする《鬼畜眼鏡》

辺境の幽霊屋敷で魔法を学んだフィーネなので、現代魔法の知識には疎《うと》い部分がある。

「実用化されている中で最高硬度を誇る最新鋭の魔道具です。百九十八の魔法障壁によって厳重にコーティングされた箱を開けるには、設定された解となる魔法式を起動する必要がある」

（なるほど。設定された正解の魔法式を導き出せばいい、と。パズルみたいなものね）

「制限時間は十分。それで構わないかね」

「わかりました。問題ありません」

なんでこんなことになっているのかわからないけれど、とりあえず自分にできるベストを尽くそう、とフィーネは思う。

後のことはそれから考えればいい。

深く息を吐いて、意識を集中する。

「始め」

号令と共に、箱に手をかざした。

織り込まれた百九十八の魔法障壁。

思考の海に沈んで正解を探す。

既に彼女の世界からは音が消えていた。

何も聞こえない。

脳内で高速展開する魔法式。

深い海の底で答えを探す。

時間が過ぎていく。

張り詰めた空気。

固唾《かたず》を呑んで見守る観衆たち。

やがて、目を開けた彼女は少し意外そうな顔で言った。

「答えが存在しないです、この箱」

それは明らかに不正確な解答だった。

シュテーゲンはたしかに解答を設定していたし、彼がその類いの嫌がらせをしない人間であることは周知の事実だった。

「誤りだ。答えは設定してある」

「何か手違いがあったのではありませんか？」

「人を疑う前に、もう少し自分を疑ってみてはどうかね」

注がれる疑いの視線。

首をかしげつつ、箱を見つめるフィーネ。

「やっぱり、どう見ても解答は存在しないように見えますけど」

シュテーゲンが瞳を揺らしたのはそのときだった。

箱に刻まれた識別番号が用意したものとは異なっている。

どこかで手違いがあって入れ替わってしまったのだろう。

それなら、答えが設定されていないというのがたしかにこの課題における正答になる。

(あのわずかな時間でそれに気づくとは……)

内心驚きつつ、シュテーゲンが言葉を発しようとしたそのときだった。

「なるほど。力ずくで開けろ、と。そういうわけですね」

瞬間、シュテーゲンを襲ったのは背筋に液体窒素を流し込まれたかのような悪寒だった。

爆発的に上昇する魔力圧。

焼け付くような魔力の気配。

何が起きたのかわからない。

その場で立っていられず、思わず後ずさる。

幾重にも高速展開する魔法式。

同時に複数の魔法を起動する多重詠唱《マルチキャスト》。

危険域に達する魔素濃度。

高度に複雑化した術式は流し込まれた破壊的な魔力に反応して暴走する。

一歩間違えれば甚大な事故を引き起こすそれを前にしても彼女は表情ひとつ変えない。

当然のように冷静に最短の動作で必要な処理を施して制御する。

正確無比で一切の無駄が存在しないそれは理解の及ばない域にまで到達した技術の極致。

最後の一節が描かれたそのとき――世界が揺れた。
白に染まる視界。解き放たれる圧倒的な熱量の塊。
刹那、轟音とともに閃光が走る。
巻き起こる爆風。
轟音が響き渡り、壁の一部が砕け散った。
目を灼《や》くほどの光が、次々に《エメラルデラの箱》の防御機構を破壊する。
(まさか、最高硬度を誇る百九十八の魔法障壁を力ずくで――)
ありえない。
ありえるはずがない。
しかし、現実として彼女は目にも留まらぬ速さで魔法障壁を粉砕していく。
一方的な蹂躙《じゅうりん》。
すべてを跡形もなく消し去る暴風のように理不尽な魔力量と術式処理能力。
誰もが言葉を失っていた。
まばたきも、息の仕方も忘れて見入っている。
口の中がからからに乾いていた。
(なんだ……なんなんだ、この子は……)

（ふう、なんとか開けることができたわ）

《エメラルデラの箱》を開け、無事に実技試験を突破できた、と安堵していたフィーネだけど、待っていたのはまったく予想していない事態だった。

「て、天才だ……」

「十代であそこまでの魔法技術……とても信じられない……」

瞳をふるわせる先生たち。

見ていた学生たちも口をぽかんと開けて呆然としている。

準備を手伝っていた助手の女性に至っては、「シオン様とお幸せに……」と号泣しながら、よくわからないことを言う始末。

（もしかして、やりすぎてしまったのでは……）

頭をよぎる嫌な予感。

一度集中すると周りが見えなくなる性格が災いした。

「い、いや、たまたま運がよかっただけでそんな大した魔術師では……」

なんとかごまかして逃げようとするフィーネ。

（そうだ！　必殺、お腹痛い作戦よ！）

天才的頭脳を持つフィーネが編み出した、病気のふりをする高等技能。

「お、お腹の調子が……」

しかし、か細い声は興奮した教授たちの耳には届かなかった。

「どうかうちの研究室に！」

「私にも協力してくれないだろうか」

「君の力が必要だ！」

殺到する教授たち。

逸材を絶対に手に入れたい教授たちの熱量は凄まじいものがあった。

彼らは皆、魔法のためなら生活のすべてを捧げられる特異な人格の持ち主だった。

つまるところ、完全に周りが見えなくなっている。

（ひっ、人がいっぱい……！）

人より獣の方が多い辺境の田舎育ち。

幽霊屋敷に幽閉されて、人生の多くの時間を一人で過ごしてきたフィーネにとっては、とてもついていけない人口密度。

（くらくらする……！）

なんとか断ろうとするけれど、パン屑に殺到する鳩のような状態の教授たちを説得するのは、対人経験に乏しいフィーネには難易度が高すぎた。

「や、やります！　やりますから許して！」

完全敗北したフィーネは、臨時研究員として教授たちの研究に協力することになって肩を落とした。

「な、なんでこんなことに……」

頭を抱えるフィーネに、幽霊さんはにっこりと目を細める。

『いいじゃない。君がたくさんの人に必要とされて僕はうれしいよ』

「他人事だと思って」

『他人事じゃないよ。弟子がみんなに高く評価されてるのは、師匠としても悪い気はしないしね。あと、何より面白い』

「面白がるな」

放ったパンチは空を切る。

くすくすと笑う幽霊さんを、フィーネは恨みがましく見つめる。

（ったく。仕方ないわね）

それから、フィーネは週に三日王立魔法大学で研究のお手伝いをするようになった。

「フィーネさん！　実験してみたんだけど予想とは違う数値が出たんだ！　どうしてこの数値になったと君は思う？」

「待て。今は私の研究室を手伝ってもらう時間だろう」

「君の研究も大事だが、この発見にはとても大きな意義があるわけで」

「私の研究だって大きな意義がある。控えめに見積もっても君のそれより大きい」

「やんのか？　戦争だぞ」

「上等だ。どこからでもかかってこい」

にらみ合ってポカポカ喧嘩を始める二人を、

「お、落ち着いて！　ちゃんと両方手伝いますから冷静に！」

フィーネは慌てて仲裁する。

慣れないたくさんの人と関わりながら過ごす時間。あわあわしつつ研究室へ助っ人に向かうフィーネの背中を見ながら、幽霊はつぶやく。

『よかったと心から思うよ。ずっとひとりぼっちだったからこそ、君にはもっとたくさんの人に囲まれて、愛されて生きていってほしい』

それから、彼女の背中を見つめた。

(君の毎日に幸せが、抱えきれないくらいたくさん降り注ぎますように)


ロストン王国大王宮。

宰相コルネリウスの執務室。

「おい、聞いたか。お前の奥方すごいらしいぞ」

身を乗り出して言うコルネリウスに、シオンは面倒そうな顔で言う。

「今は仕事の話がしたいのですが」

「まあ、聞け。彼女が先日、王立魔法大学にお手伝いに行ったたっていうのはもちろん知ってるよな」

うなずくシオンに、コルネリウスは続ける。

「みんな、奥方の実力を疑ってたんだと。辺境の屋敷にこもり、独学で勉強していた十代の女性に、名誉教授が熱弁するほどの力があるわけないと。ところが、蓋を開けてびっくり。みんな、あまりの才能に飛び上がってしまったらしい」

「彼女の実力なら驚くことではないと思いますが」

「へえ。君も認めてるのか」

興味深そうに言うコルネリウス。

「どうやら、本物の実力者らしい。あの感じだと、今後一層優秀な魔術師として活躍していくことになるだろう。そんな逸材を活用せず放っておくのは、この国にとっても損失だと思わないかね」

「何が言いたいのか、わかりかねますが」

「彼女に、我々の仕事を手伝ってもらおうと言ってるんだよ。王国を支える優秀な魔術師夫妻。話題性も十分だし、女性を重用することで先進的な国家であることを対外的にアピールすることもできる。彼女の将来を考えても、キャリアアップに繋がる良い機会だ。名案だと思わないかい」

コルネリウスはにやりと口角を上げて言った。

「もちろん、彼女の意志が最優先だけどね。提案しておいてよ。これは命令だから」

(正直、気が進まないな)

コルネリウスの命令を反芻して、シオンは深く息を吐いた。

結婚してまだ二ヶ月も経っていない。

ずっと人と関わらず辺境の屋敷で過ごしていたという彼女だ。

外の世界に適応するのに時間がかかるのは当然のこと。

加えて、《黎明の魔女》の捜索も手伝ってもらっている。

彼女が教えてくれた北部辺境の山中からは、たしかに《黎明の魔女》がいたと見られる痕跡がいくつも見つかっていた。

(負担をかけるのは本意ではない。断ってもいいということも伝えつつ話してみるか)

夕食時にコルネリウスの提案について伝えると、

「さ、宰相様までなんで……!?」

彼女は頭を抱えてうずくまった。

白目を剝《む》いて変な顔をしているあたり、かなり混乱しているらしい。

断ってもいいと伝えると、

「いいのですか?」

と意外そうに顔を上げた。

「ああ。構わない」

「でも、とても偉い方ですよね。シオン様にとっても上司にあたるのでは」

「俺の都合で君に無理をさせるのは違う。既に君には《黎明の魔女》の捜索にも協力してもらっているだろう」

フィーネはじっとシオンを見つめた。

「シオン様って結構優しいですよね」

予想外の言葉に、シオンは喉が詰まりそうになる。

「なんだ、いきなり」

「氷のように冷たくて人の血が通ってないって聞いてたのに、すごく気遣ってくださってるのを感じてるので」

(本人の目の前でよく人の血が通ってないとか言えるな)

人間関係においては、時々かなりずれているところもある彼女だ。

しかし、そういう変わった部分もシオンは好ましく感じていた。

誰もが偽りの自分を演じる窮屈な貴族社会の中で育った身としては、その率直さがむしろ心地良い。

「気のせいだ」

答えながら、シオン自身も普段と違う自分を自覚していた。

味方と言えるような相手は周りにいなくて。

誰も信じることができなくて。

寝首をかかれないよう常に気を張って生きてきた。

クロイツフェルト家には敵が多かったし、隙を見せれば下劣なやり方で触れてくる醜い大人たちも多くいたから。

気を抜いてはいけない。

心を許してはいけない。

ずっとそうやって生きてきたのに。

彼女の前では不思議なくらい安心していられる自分がいる。

(多分、彼女が自分から距離を詰めようとしてこないからだ)

悪意と下心を持って近づいてくる者たちばかりの中で、彼女は自分にあまり興味がないように見えた。

近づきすぎず、適切な距離を保とうとする。

最初に、あまり関わるなと伝えたのを意識しているのもあるのだろうか。

(随分ひどいことを言ってしまったな)

思いだすと胸が痛くなる初めて会った日のこと。

それでも、彼女はまったく気にすることなく関わってくれて。

(本当にありがたい)
生まれて初めてできた心を許せる友人のような存在。
彼女の存在は、シオンの中で着実に大きなものになっていた。
夕食の時間が終わる。
名残惜しかったが、引き留めて彼女の時間を奪うのも申し訳ない。
「それでは、失礼しますシオン様」
侍女と共に退室する彼女を見送る。
もっと話したい。
そんな気持ちを飲み込んでいたそのときだった。
「わわっ」
声の主は、彼女が信頼している侍女のミアだった。
つま先が、絨毯の間にあるわずかな段差にひっかかったらしい。
よろめいたミアは、フィーネに体当たりする。
玉突き事故。
バランスを崩すフィーネの先にいたのは、シオンだった。
(――――え?)
激しく揺れる視界。

壁に押しつけられる。

頬に触れる湿った何か。

やわらかい肌の感触。

鼻先をくすぐる艶《つや》やかな髪。

爽やかな青林檎の香りがした。

「も、申し訳ありません！　大丈夫ですか？」

侍女の声はどこか違う世界から響いているように聞こえた。

静止した時間。

停止する思考。

「ご、ごめんなさい！」

あわてて飛び退いた彼女は、顔を真っ赤にして唇をおさえていた。

そのまま、あわあわとその場で足踏みしてから、小走りで部屋を出て行く。

「フィーネ様!?」

ミアは焦った声で言ってから、シオンに一礼して慌ただしく後を追う。

遠ざかる足音。

フィーネが部屋を出て行ってからも、シオンはしばらくその場から動くことができなかった。

経験したことのない感情の洪水がシオンを激しく混乱させていた。

「シオン様。そろそろ夕食の片付けがしたいのですが」

「…………」

執事の声もまったく聞こえていない。

立ち尽くしたまま、先ほどの出来事を反芻する。

確認しないといけない何かがそこにある気がした。

丁寧に、慎重に記憶を辿る。

あたたかくやわらかい人肌の感触。

頬に触れた湿った何か。

そして、飛び退くように離れた彼女の、唇をおさえて顔を真っ赤にした表情。

(なんだ、これ……)

知らない感情の嵐の中で、シオンは呆然と立ち尽くしていた。


「ごめんなさい、フィーネ様。私のせいで……」

逃げるように戻った自室。

しゅんと肩を落として言うミアに、フィーネは普段通りの自分を意識して言った。

「大丈夫。私は大丈夫だから気にしないで」

「そうですか？　それなら、いいんですけど」

ミアは心配そうにフィーネを見つめてから言う。

「なんというか、その……」

頬を少しだけ赤くして続けた。

「ロマンス小説みたいでした」

「はうっ」

「フィーネ様!?」

胸をおさえてのたうち回るフィーネと、心配しておろおろするミア。

「ミアは気にしないで大丈夫。ただ、少し疲れたから一人にしてもらえるかしら」

心配そうにミアが扉を閉めるのを確認してから、フィーネはベッドの上で枕に顔を押しつけた。

思いだされる先ほどの光景。

ふわふわの枕に包まれた顔が熱くなる。

(死にたい……死にたいわ……)

うめき声を上げて、ベッドの上でバタバタした。

(突き飛ばされたとはいえ、壁に押し倒して頬にキスしちゃうとか……！　ロマンス小説の中でしかやっちゃいけないやつじゃない！)

ああいうのは、あくまで本の中だからこそ良いものだというのがフィーネの持論だった。

現実でやっちゃうのは、正直ちょっと痛い。

（しかも、性別逆だし……！　私が男の人を押し倒しちゃってたし！）

考えれば考えるほど、死にたくなる恐ろしい蛮行。

折角初めてできた外の友人として、良い感じの関係を築けていたのに。

明日からどんな顔をして彼と接すればいいのか。

（終わったわ……もう死ぬしかないやつだわ……）

その夜、フィーネはその出来事を思いだすたびに、頭を抱えて地の底から響くような声でうめいていた。


翌朝。

朝食を一緒に食べたシオンの様子は、今までの彼とはまったく違っていた。

一切の無表情で淡々と食事を進める。

「ご、ごはんおいしいですね」

「そうだな」

「今日は良い天気ですね」

「たしかに」

「…………」

「…………」

流れる気まずい時間。

昨日まではまったく違う姿。

会話はまるで弾まず、《黎明の魔女》の話にもさして反応を見せない。

（なんという塩対応。完全に心を閉ざされている……！）

気の置けない友人同士のように話せていた昨日とはまるで別人のよう。

（そりゃ当然よね。あんな、ロマンス小説みたいな痛々しいことをやってしまったのだもの。しかも、私が男性側で……）

思いだしただけで『いやああああああああああ！』と死にたくなる昨夜の記憶。

いつも通りの自分を装おうとするけれど、今までどんな風に話していたのかまるで思いだせない。

（ああ、なんで……なんであんなことに……！）

香ばしい焼きたてのパンも今はびっくりするくらい味がしなかった。

（やり直したい！　全力でなかったことにしたい！）

うまく話せなかった朝食の後、フィーネは枕に何度も頭を打ち付けて、どうすることもできない現実にのたうち回っていた。

（なぜうまく話せない……）

何をやってもうまくいかなかった彼女との朝食を思いだして、シオンは頭を抱えた。

まるで自分が別人になってしまったかのようだった。

どう話せばいいのかわからないし、どうして今まであんなに自然体で話せていたのかも思いだせない。

知らない感情への戸惑いから、王宮での仕事中もらしくないミスをしてしまった。

「申し訳ありません」

「いいよ。人間らしいところがあるとわかってむしろほっとしてる」

上司であるコルネリウスはにっこり笑って、指を鳴らした。

「さては、恋をしているな、君」

「してません」

氷のような無表情で否定する。

他の相手に対してなら、いつも通り接することができるのに。

なぜ彼女に対してだけうまく話すことができないのか。

その理由を、シオンは彼女が自分にとって他の人とは違うからだと結論づけた。

幼い頃の経験から、人と深く関わることを避けてきた。

求められるのが苦手だった。距離を取ることで安心できた。

あるいは、それは幼少期に経験した寂しさの反動だったのかもしれない。

どんなに求めても、思い通りにならないことばかりだった幼少期。

傍にいてほしい両親は追い出され、醜い大人たちの中で怯えながら過ごした日々。
自分を守るのが大変で。
壊れそうな心を、無にしてやり過ごすことを覚えた。
感性を遮断して、寂しいという感覚を遠ざけた。
しかし、彼女の存在はそんな彼の中で眠っていた何かを激しく揺さぶっていた。
求めてしまいたくなっている自分がいる。
もっと近づきたいなんて手放したはずの感情が首をもたげる。
頭を抱え、深く息を吐いた。
(俺は何をしているのか……)

第三章　交錯

「フィーネ様。私、腹を切ってお詫びをしようと思います」

数日後、目に涙を浮かべて言ったミアをフィーネは慌てて止めることになった。

「やめて！　お願いだからやめて！」

「だってあんなに良い感じだった二人の仲を私が裂いてしまうなんて……！　フィーネ様が許しても、私は私が許せません！」

「そんな大きなことじゃないから！　大丈夫だから！」

「大きなことですよ！　フィーネ様を突き飛ばして、ロマンス小説みたいなことを――」

「はうっ！」

癒えない深い傷。

生きることとはすなわち苦しみを重ねることなのだろうか。

「私はミアが大事だから。何よりもまず、貴方には自分のことを大切にしてほしいの」

ペーパーナイフを取り上げて、全力で思いを伝える。

「フィーネ様……」

瞳を潤ませるミアを説得して、なんとか腹切りイベントを回避した。

落ち着かない日々。

うまくいっていないパートナーとの関係。

その一方でフィーネが臨時研究員として始めた大学のお手伝いは、日に日に忙しさを増していた。

お願いされる仕事の量がどんどん増えていくのだ。

「フィーネさん！　君の力が必要なんだ！」

「頼む、俺たちの研究室に来てくれ！　もう三ヶ月もこの障害が解決できてなくて」

「君がとんでもなくできるって噂の女性研究員か！　どうしても頼みたいことが――」

簡単な案件なら断ることもできるのだけど、みんな本当に困っている難しい問題を持ってくるから無下に扱うこともできない。

何より、彼らが持ってくる難解な魔法研究はフィーネを夢中にさせた。

辺境の幽霊屋敷で、ずっと一人で勉強していた彼女にとって、外の世界の魔法研究は新鮮で興味深いものばかりだったのだ。

本気で困っている憔悴した顔を見ると助けてあげたくなるし、みんなが解けない問題を解決して感謝されるのは気持ちいい。

週に三日の出勤も、できれば五日、可能なら毎日来てほしいと言われて。

しかし、フィーネには研究のお手伝い以上にやらなければならないことがある。

それは、幽霊さんの研究を完成させるために必要な《ククメリクルスの鏡》を手に入れること。

クロイツフェルト公爵家が所有しているはずのそれは、前当主が追い落とされる形で幽閉されて以降、どこにあるのかわからない状態になっているみたいだった。

『元々、《鏡》の在処《ありか》を知っているのは前当主ベルナールだけだったらしい。よほど厳重に情報を管理していたみたいだ』

「本当に慎重な人だったみたいね。直接話を聞きに行ければいいんだけど」

『さすがに難しいだろうね。現当主シャルルはベルナール派の貴族たちに最大限の警戒を続けている。内部の者でさえ、ベルナールがどこに幽閉されているのかも知らない状況みたいだから』

「下手に動いて、私に対する疑念を持たれても困るものね」

フィーネはしばしの間、じっと考え込んでから言う。

「加えて、ベルナールは《鏡》に他の人には渡せない極めて重要な何かがあると考えているように見えるわ」

『そうだね。あの《鏡》の力を考えれば自然なことだ』

「ねえ、その《鏡》の力ってどういう――」

言いかけて、フィーネは言葉を止めた。

「やっぱりいいわ」

『いいのかい？』

「聞いたら、いろいろと考えないといけないこと増えそうだしね。そういう面倒くさいのはなるべく他の人に丸投げするのが私の主義なの」

『すごい。堂々と言ってるからなんかかっこよく聞こえる』

「ふふん」

どや顔で胸を張るフィーネに、少し考えてから幽霊さんは言った。

『でも、《鏡》に特別な力があるなら、僕が悪用する可能性もあるんじゃないのかな。そして、君がその片棒を担がされている可能性も考慮しておきたい状況である気がするけど』

「悪用するの？」

『しないけど』

「じゃあ、大丈夫じゃない」

フィーネはやれやれと息を吐いて言った。

「何年一緒にいると思ってるの。幽霊さんがどういう人か私は誰よりもよく知ってる。貴方はそんな大それたことをするような大人物じゃないわ」

『そう言われると小物みたいでちょっと複雑なんだけど』

「私は貴方のそういうところ好きだけどね。安心できて」

魔法使いとしては多分すごい人なのに、決して偉ぶらない幽霊さんがフィーネは好きだった。

出会ったときからずっとそうだ。

突飛なことを言っても、馬鹿にせず目線を合わせて真剣に向き合ってくれた。

(両親を亡くしてひとりぼっちだった私にたくさん話しかけてくれて、救ってくれた大切な人)

だからこそ、フィーネは幽霊さんのために恩返しがしたいと思った。

幽霊さんがくれたものに比べたら、こんなのじゃ全然足りないけどそれでも。

(絶対に《鏡》を手に入れて幽霊さんの研究を完成させる)

決意を胸に、フィーネは言った。

「次の目標は前当主ベルナールの使っていた別邸。忍び込んで、《鏡》の手がかりを捜しましょう」


その日の夕食も、旦那様はやっぱり余所余所《よそよそ》しかった。

ぎこちない空気。

目が合うと、慌てた様子で視線をそらす。

響く食器の音。沈黙の時間。

私がうっかり行った蛮行――

『ふははは！　強引なキスでお前を汚してやったぞ！』

『そんな、ひどい……ひどいわ……』

悪逆非道な鬼畜王子のような所業で、旦那様のハートはぐちゃぐちゃ。

もはや平常心を取り戻すのも難しい状態なのだろう。

(あれ？　やっぱりなんか性別が逆のような……？)

ひっかかるところはあったが、深くは考えないことにした。

都合の悪いことからは全力で目をそらしてフィーネは日々を生きている。

「今日は疲れたから早く寝ようと思うわ。ぐっすり眠りたいから絶対に起こさないで。なるべく誰も部屋に近づけさせないように」

「わかりました。任せてください」

力強く返事をするミア。

「先日の失敗を取り返すためにも、どんなことがあってもこの部屋を守り抜きます」

フィーネが心ならずも鬼畜王子になってしまったことについて、ミアは深く責任を感じているみたいだった。

『良い感じの二人から恋愛を奪うなんて、神様にだって許されないことなので』と真剣な顔で言う。

中々に特殊な思想の持ち主だったらしい。

(別に、そんなに良い感じの二人でもないと思うけど)

なんとなく気恥ずかしくて前髪をいじる。

幽霊さんの視線に気づいて、慌てて普段通りの自分を取り繕った。

ベッドの中にクッションを入れて眠っている偽装をする。

灯りを落として部屋の奥に隠してあるそれを取り出す。

鞄の奥に作った隠しポケット。

空間を圧縮する魔法を使って隠し入れていたのは、ローブと帽子とシークレットブーツ。

そして――仮面。

窓を開ける。

吹き抜ける風がレースのカーテンを揺らす。

月の灯りに目を細めてフィーネは言った。

「それでは、魔女の時間を始めましょう」


《変身魔法》は、フィーネが最も得意とする魔法のひとつだ。

元々、バレずに幽霊屋敷の外に出るために勉強した魔法だけど、結果として《黎明の魔女》として活動する際に最も役に立っているのがこの魔法である。

夜の闇の中、カラスに変身したフィーネは心地良い風の中を飛んでいた。

目指すは王都の第十五区画にある前当主ベルナールの別邸。

本邸と同じくらいの頻度で使用されていたというこのお屋敷には、侵入防止用の魔法結界が張り巡らされていた。

(目視できる八種の結界は囮《おとり》。本命はその奥に隠した十一の結界)

黒猫に姿を変えたフィーネは、慎重に時間をかけて結界の構造を分析する。

『かなり複雑な結界だけど大丈夫？』

「うん。任せて」

幽霊にうなずきを返しつつ、結界の網に小さな穴を作る。

人間には狭すぎる穴だけど、今のフィーネは黒猫なので身をかがめれば通り抜けることができた。

別邸の庭を歩く。

夜露に濡れた芝生が月の光を反射している。

『どこから屋敷の中に入る？』

「三階の天窓から入りましょ。一階に比べて警戒網も薄いし、誰かに気づかれるリスクも低い」

長い尻尾でバランスを取りつつ、軽やかな足取りで三階の屋根に上ると、水魔法で作った糸で天窓を円形に切り取る。

「よし、完璧」

ベルナールの別邸に潜入する。

フィーネたちの秘密に、夜空の星だけが気づいている。


うまく話せなかった夕食。

後悔の後味に顔をしかめつつ、シオンが向かったのはフィーネの私室だった。

余所余所しい態度になってしまっていることを詫びたい。

しかし、部屋の前で立ち塞がったのは彼女が信頼している侍女だった。

「フィーネ様は大学のお手伝いでお疲れのようでして、今日は誰とも話さずゆっくり眠りたいと仰っておられます！」

タイミングが悪かったらしい。

（しばらく帰れない可能性があるから、先に話しておきたかったんだが）

思うようにいかないものだと嘆息する。

自身の執務室で待っていたのは、国境警備の仕事をしていた頃の部下だったハンス。

「本当にやるのですか、シオン様」

「ああ。おそらく、あの別邸に祖父は何かを隠している」

シオンは言う。

「潜入し、祖父が隠しているものを突き止める」


前当主の所有する別邸の三階。

黒猫になったフィーネは尻尾を揺らしつつお屋敷の中を探索していた。

肉球の下に感じる絨毯の感触。

豪奢な調度品と芸術品で彩られた別邸は、元々のそれとは異なるのであろう異様な状態だった。

散乱した書類と本の束。

開けっぱなしのひきだしとそこから垂れ下がる深紅のマフラー。

まるで泥棒が荒らした後のような、散らかった部屋。

しかし、魔法結界が正常に作動していたのを見るに、部外者が内部に侵入して犯行を行った可能性は低いように見える。

（そういう事実があれば、公爵家の中でも情報が回ってくるはずだし）

必然的に、別邸を荒らしたのは内部の誰か。

「新当主陣営の誰かが前当主の隠してる何かを捜したっていうのが一番自然な線よね」

『そうだね。ただ、決めつけすぎると状況を見誤る可能性もある』

「新当主が持ち去った何かを前当主が捜してたって線もあるか」

『いずれにせよ、捜す価値のある何かがここにあったと考えていいと思う』

捜す価値のある何か。

（最も可能性が高いのは、私たちが捜している《ククメリクルスの鏡》――）

「随分慌てて捜してたみたいね。何か想定外のことがあったのかしら」

『見つからなくて焦っていたのかもしれない。あるはずの場所から既に持ち去られていたか――』

「あるいは、そう見せかけることで既に捜索済みだと偽装したかったのかも」

フィーネは言う。

「荒らされてる部屋を捜すのは無意味だわ。偽装工作かもしれないし、これだけ必死で捜してるのだもの。もしあったとしても間違いなく既に持ち去られている。私たちが捜索すべきは、まだ手が付けられていない場所」

『手が付けられていない場所？』

「隠し部屋」

くりんとした猫の目で不敵に笑みを浮かべて言った。

「疑い深く慎重な前当主のことだもの。厳重に隠された秘密の地下室とか、ありそうだと思わない？」

「本当にいいんですか？　こんなことして」

不安そうなハンスの言葉に、シオンは表情を変えずに答えた。

「よくないだろうな」

「なら、どうして――」

「それでも、やるだけの価値がある」

低い声でシオンは言う。

「大丈夫だ。お前は何があっても絶対に守る」

たしかな決意が感じられる言葉だった。

最年少で五賢人の一人に選ばれ、王宮で宰相に重用される稀代の天才。

彼が規格外の速さで出世を重ねているのは、公爵家という家柄以上に、最も危険な場所に自ら赴く自信と責任感によるところが大きかった。

四年前、北部地域を襲った歴史的な規模の《魔物の暴走《スタンピード》》

国境警備隊の半数が逃げ出した絶望的な戦況。

最後まで戦い抜き、北部の村と町を守り抜いた伝説が偽りではないことを、同僚だったハンスは知っていた。

「別にいいですよ、守ってくれなくても」

ハンスは言う。

「寂しいこと言わないでください。シオン様のためなら、多少処罰されても構いません。そういう覚悟で俺たちは働いてます」

シオンは意外そうに小さく目を見開く。

少しの間、押し黙ってから言った。

「ありがとう」

素直。

悪い噂の多いクロイツフェルト家の出身とは思えない実直な性格。

こういうところがずるいんだよな、とハンスは嘆息する。

（しかも、俺の覚悟なんてまったく期待してなかったし）

シオン・クロイツフェルトは人に期待することをしない。

受け取って当然の感謝や信頼の言葉にもいつも決まって意外そうな顔をするのだ。

『そこがいじらしくていいんだよ』

隠れファンである同僚のレオスはそんなことを言っていたけれど、ハンスはシオンのそういうところが好きではなかった。

なんだか寂しく感じてしまうのだ。

（いつかこの人が期待せずにはいられないような自分になってやる）

部下の密かな決意をシオンは知らない。

辿り着いた別邸。

敷地の外縁に張られた魔法結界を怪訝な顔で見つめた。

「随分厳重な魔法結界ですね」

「祖父は常に裏切りを警戒していた」

「だからってここまでしなくても」

ハンスは結界の魔法式をじっと見つめて言う。

「こんなの歴史に名を残すレベルの魔法使いでないとまず突破できないですよ」

「できないことはないと思うが」

「貴方は歴史に名を残す類いの人なので」

シオンは魔法式を展開する。

結界を解析するには少なくない時間がかかった。

幾重にも張り巡らされた防御機構を丁寧に解体していく。

結界に穴を開けて別邸の敷地内へ潜入した。

ハンスは内側から複雑な結界の魔術機構を振り返って深く息を吐いた。

「ここまで警戒するっていったい何を隠してるんでしょうね」

「王都での裏市場で流通している違法薬物の製造施設とか」

「まさか。ありえないですよ」

笑みを零すハンス。

シオンは無表情で屋敷を見つめている。


結論から言うと、前当主の別邸には秘密の地下室があった。

厳重に施された十九種の隠蔽魔法。

書庫の本棚の裏に隠された秘密の入り口。

かなり腕のある結界魔法使いの仕事なのだろう。

地下室の存在を意識して捜して、それでも簡単には見つけられなかったから、魔法の知識がない人にはまず見つけられないはずだ。

その奥に広がっていた光景にフィーネは頭を抱えることになった。

「なんでお屋敷の地下に違法薬物の製造施設があるのよっ！」

研究員と警備兵に気づかれないように小声で言った。

漂う薬品の香りにくらくらする。

常識的な数値を遥かに超えた濃度。

悪い噂の多かった前当主だけど、実体は噂以上にひどいものだったらしい。

（シオン様は積極的に人と関わろうとしない性格って聞いたけどこういうのも影響してるのかしら）

身内の最も権力を持っている存在がこんなやばいやつだと、仲良くした相手にも迷惑をかける可能性がある。

（恵まれているように見える人も、いろいろ大変な事情を抱えているものね）

そんなことを思いつつ、研究施設を見回す。

（警備してる私兵は五人。身のこなしを見るに相当の手練《てだ》れ揃い）

幽霊さんがフィーネを見つめて言う。

『違法行為が行われているのは明白だ。しかるべき組織に伝えて対処してもらおう』

「お断りするわ」

フィーネは小声で言った。

「折角気持ちよくぶっ飛ばせる悪党共が目の前にいるのよ。ずっと待ち望んでいたストレス解消の好機！　最近《黎明の魔女》として魔物をぶっ飛ばしたりできなかったから、私の世直し正義パンチしたい欲求は最大級に高まってるわ！」

『前々から思ってたけど、世の中のためとかじゃなくて自分のストレス解消のために魔物とか倒してるよね、君』

「当たり前じゃない。私の中にあるのは、ぶっ飛ばしたいって純粋な思いだけ。気持ちよければそれでいいのよ」

『……僕はとんでもないモンスターを作り上げてしまったのかもしれない』

幽霊さんはこめかみをおさえる。

『でも、相手は違法魔法武器で武装してる。簡単に倒せるような相手じゃない』

「だからこそいいのよ。その方がぶっ飛ばし甲斐があるじゃない？」

にっと目を細めてフィーネは人間の姿に戻る。

「見てて」

起動したのは水魔法。

煙のような白い霧があたりに立ちこめる。

「おい、何をしている！」

「いえ、私は何も――」

研究員が何かミスをしたと思ったのだろう。

言い争っている隙を突き、背後に回り込んでからの不意打ち。

電撃魔法で私兵の一人をノックアウトしてから、近くにいたもう一人との距離を詰める。

首筋への電撃で二人目の意識も刈り取った。

「おい！　何かいるぞ！」

残りは三人。

違法製造された魔法杖による遠距離攻撃はかすっただけで即致命傷の異常な威力。

しかし、視界を奪われたこの状況では、周囲の仲間と同士討ちをしてしまう可能性がある。

混乱と迷い。

「なんだ、何が起きている……！」

深い霧がすべてを覆う中、見えない敵に動揺する兵士たち。

霧の中で明滅する電撃の閃光。

「落ち着け！　集まって連係するんだ」

リーダーらしき男が声をかける。

「もう貴方だけよ」

そっと背後から声をかける。

首筋に電撃を流して、気絶させた。

あとは、研究者たちも背後からの電撃で気絶させて、いっちょあがり。

「どう？　見事なものでしょ」

霧を発生させる水魔法を解除してから、気絶した兵士さんと研究員さんを縛り上げて悪い人たちをぶっ飛ばすお仕事完了。

（あとは、王立騎士団あたりに通報……いや、先にシオン様に伝えた方が良いか）

当主交代直後のこのタイミングでシオンが前当主の不正を暴けば、旧体制を支持する人たちはさらに力を失い、彼の評価も高まる可能性が高い。

（ふふん。名目上とはいえ、妻として最高の仕事をしちゃったかも）

幽霊さんの研究を完成させるための一時的な結婚だからこそ、旦那様にも相応の恩返しをしておきたいところだ。

信じられないくらい快適な生活をさせてもらってるしね。

「でも、《ククメリクルスの鏡》の手がかりは見つからなかったわね」

『そうでもないよ』

「え？」

『この資料を見て』

そこに書かれていたのは、複雑な魔術文字で書かれた禁忌魔法の研究資料。

（どんな願いも叶えられる万能の願望機……）

難しすぎて詳細までは把握できなかったけど、ろくでもないことを考えているのはなんとなくわかった。

（とりあえずこれは持って帰って後でじっくり読もう）

そう思いつつ、資料に手を伸ばしたそのときだった。

『まずい、フィーネ！』

瞬間、フィーネは自らの失策を悟る。

足下で展開する魔法式。

仕掛けられていた魔術トラップ。

（この魔法式は、おそらく召喚系――）

フィーネの推測は当たっていた。

現れたのは影絵のように漆黒の狼の群れ。

連鎖して起動した魔法式から次々と狼が現れる。

わずか数秒でフィーネは三十を超える狼に囲まれていた。

召喚された狼たちは通常の生き物のそれとは違う異常な骨格をしている。

疾駆する狼の群れ。

獰猛《どうもう》な息づかい。

鋭い牙が獲物の肉体を食いちぎろうと迫る。
フィーネは魔法式を展開する。
閃光と明滅。
炸裂した電撃が漆黒の狼を一瞬で蒸発させる。
並行して展開したのは電撃魔法の障壁。
光の檻が狼の攻撃を食い止める。
しかし、理性を持たない狼の群れによる攻撃はフィーネの想定を超えていた。
死を恐れない怪物の突進が障壁の耐久値を瞬く間に削っていく。
（防ぎきれない――）
破砕する光の檻。
咄嗟に魔法式を展開するが間に合わない。
加速する思考。
すべてがスローモーションに見える中、フィーネの首筋に狼の群れが牙を突き立てる。
しかし、彼らの牙はフィーネの肌を裂く寸前で止まっていた。
静止する世界。
皮膚を焼く冷気。
それは一瞬のことだった。

フィーネに襲いかかった三十を超える狼の群れは、まばたきすることもできない氷像と化している。

(いったい誰が……)

フィーネは警戒しつつ周囲を見回す。

(寸前で気づいて、狼以上の脅威として最優先で無効化する障壁を張ったから、自分の身は守ることができたけど)

姿を見なくてもわかる。

間違いなく凄腕。

(いったい何者……)

警戒しつつ、視線を向けたフィーネはそのまま硬直することになった。

「貴方、は——」

そこにいたのは毎日のように顔を合わせている相手。

唖然とした表情で目を見開く——《氷の魔術師》。

《黎明の魔女》に片思いしているシオン様がそこにいた。


その光景が、シオンには信じられなかった。

前当主である祖父ベルナールが所有する別邸。

書庫の隠し通路の先に広がっていた違法薬物製造施設。
（まろくでもないことを……！）
怒りを覚えつつ踏み込んだその先で、しかし兵士と研究員は既に拘束されていた。
残っているのは、魔法罠により召喚された狼の群れに囲まれた一人の魔法使い。
（裏切りか、あるいは第三勢力か）
とにかく、相当の手練れであることは間違いない。
（取り押さえて、それから話を聞く）
起動する氷魔法。
隠蔽魔法に身を潜めた状態からの奇襲。
立ちこめる煙のような白い靄《もや》。
肌を刺す冷気。
一瞬で凍り付いた狼の群れ。
しかし、その中心にいる彼女は気づけないはずの攻撃に反応して障壁を展開していた。
（あれを防いだ――？　どうやって）
瞬間、シオンの思考は振り返った彼女の姿を見て真っ白になる。
「貴方、は……」
そこにいたのは、自分がこの四年間ずっと捜し続けていた相手。

《黎明の魔女》
あの日救ってくれた恩人がそこにいる。

最悪の相手と言わざるを得なかった。

氷雪系最強と称される氷魔法使い――シオン・クロイツフェルト。

何より、問題は彼がフィーネのことをよく知る相手であることだ。

(少しでもボロを出せば即身バレの危機……！　しかも、相手は《黎明の魔女》モードの私に片思いしてるみたいだし……)

仮面の下で顔が熱くなる。

同年代の異性と関わった経験がほとんどないフィーネなので、好意を向けられるのももちろん初めてのこと。

そう考えると、変に意識しちゃうというか。

『君が年相応の照れ方をしてて僕はうれしいよ』

「うるさい」

小声で言いつつ、目の前の氷の魔術師を見つめる。

(私のことを好きだって話だし、向こうも全力では来ないはず)

隙を突いて逃げようとしたフィーネは、殺到する氷の槍にあわてて身をかわした。

（容赦なし!?　嘘でしょ!?）

氷の壁が周囲を取り囲む。

地面に手を突きながら、彼の顔を見上げて気づいた。

（近づかせないよう遠距離から……！　私の魔法についてめちゃくちゃ研究してる……！）

シオン・クロイツフェルトは《黎明の魔女》の全記録から、その使用魔法と戦い方について徹底的に研究し尽くしていた。

それは単純に、もう一度会いたいとずっと捜し続けていた相手だからというだけではない。

魔法に人生の多くの時間を捧げてきた者の一人として、彼女の使う魔法にも強く惹かれていたから。

現代魔法では全容を計り知ることさえ叶わない、失われた古代魔法の高度な応用。

届かない相手なのはわかっている。

それでも、少しでも追いつきたい。

近づきたい。

用意していた策のすべてを投入して、しかし《黎明の魔女》の動きはシオンの想像を超えていた。

（ここまで的確に対応してくるか……！）

あらかじめ、最善手を研究し尽くしていたシオンに対し、ほんのわずかな遅れだけで最善の対応を返してくる。

異能の域まで到達した術式起動精度と判断力。

(なんという化物《ばけもの》……)

間違いなく、シオンが知る他の魔法使いとは次元が違う。

しかし、彼は相手が自身の想像を超えてくることをあらかじめ想定していた。

王国で最も《黎明の魔女》について知っている彼は、彼女の実力を誰よりも高く評価している。

そして、その上で彼女が最も対処しづらい戦い方と策を入念に準備してきていた。

(いける。通用してる)

《黎明の魔女》が見せた嫌がる素振りと焦りに、シオンは口角を上げる。

戦闘不能にする必要はない。

逃げられない状況さえ作ってしまえば、この場における自身の目的は達成できる。

そして、シオンが選んだのは地下室の外縁部すべてを氷漬けにし、彼女を地下室に閉じ込めるという秘策だった。

(犠牲を払わずに勝利できる相手じゃない。自分ごと道連れにして、この状況における勝利を確定させる)

吐息が白く濁る。

こちらの意図に気づいて、出口へ急ぐ彼女を氷魔法で釘付けにする。

見事なステップで殺到する氷の槍をかわした彼女だが、飛び込もうとした出口は紙一重でシオンに塞がれていた。

（捕まえた）

作戦は成功。

勝利を確信したそのときだった。

彼女の身体が、小さな靄になって消えていく。

（水魔法による幻……）

一人残された地下室で、氷漬けになった椅子に腰掛ける。

久しく経験していなかった敗北に、首を振って苦笑した。

（やっぱりすごいな、貴方は）

◇　◇　◇

クロイツフェルト公爵家前当主ベルナールが行っていた違法薬物の製造。

対して、新しい当主であるシャルルの判断は的確だった。

責任の所在がベルナールにあることを明確にし、王国を内側から腐敗させていた前体制と戦うと宣言したのである。

包み隠さず情報を開示したその姿勢は、不正と隠蔽の蔓延する王国貴族社会においては前例のないものだったが、その分民衆は彼の行動を好意的に受け止めた。

悪しき前当主と戦う正義の新当主陣営。

王国において、シャルル・クロイツフェルトの評価は着実に高まっている。

「見事なものだな」

宰相を務めるコルネリウスは言う。

「全部君が主導してのことだろう。他の人の目はごまかせても私の目はごまかせないよ。君の父上にこれができるような才覚はない」

シオンは深く息を吐いた。

「さすがですね」

「君とは長い付き合いだからね。まさかあのシャルルが正義の人だなんて持ち上げられる日が来るとは」

コルネリウスは苦笑してから続ける。

「親孝行できてうれしい？」

「腐敗したクロイツフェルト家を作り替えるために最善だと判断しただけのことです。親孝行とかそういう感覚はありません」

「そう？　君は、お父さんについて何か思うところがあるんじゃないかと思っていたけれど」

シオンは何も答えなかった。

コルネリウスはシオンの表情を一瞥して続ける。

「まあ、いいや。それより、今日聞きたいのは王都で噂になっている例の人物のことだ」

「例の人物？」

「《黎明の魔女》」

コルネリウスは低い声で言う。

「《紅の魔竜》の単独討伐を果たした伝説の魔法使い。そのあまりに規格外の力から、王国魔法界では半数が彼女の存在に懐疑的な目を向け、半数が彼女を英雄視していると聞く」

「ええ。その認識で相違ないと思います」

「北部地域の伝説だった《黎明の魔女》が王都に現れたことで、王立騎士団は第一級の特別警戒態勢に入っている。陛下や近隣諸国もその動向を注視しているわけだが、直接交戦し彼女のことを誰よりも知る君に聞きたい」

鋭い目でシオンを見つめて続けた。

「彼女は何者だ？」

シオンはしばしの間、問いかけに答えなかった。

自分の心が納得する答えを形にするのを待っているみたいに押し黙っていた。

それから、言った。

「我々の常識では測れない力を持つ魔法使いです。生来高い資質を持っていたことに加え、なんらかの特異な環境が彼女を常人離れした魔法使いにしたのでしょう」

「特異な環境？」

「失われた旧文明において存在していた古代魔法を学ぶことができる環境。たとえば、古の大賢者に師事することができたというような」

「いささか突飛すぎる仮説のようにも思えるが」

「そうですね。私もそう思います」

「だが、そういったことも考慮せざるをえないだけのものを持っている、と」

「そういうことです」

　コルネリウスは深く息を吐いてから言った。

「それだけの力を持ちながら、魔物から人々を守り、貴族の悪行を正そうとする、か」

　深く息を吐いてから続ける。

「よほど高潔な魂を持った大人物なのだろうな」

　話すコルネリウスの目は、既にシオンを見てはいなかった。

　ここではないどこか遠くにある何かを見つめているような表情だった。

「おそらく、我々とは違う高い視座を持ち、この世にある様々な欲望を超越した澄み切った心の持ち主なのだろう。一度話してみたいものだ」

（なんておいしいお菓子！　食べる手が止まらないわ！）

同時刻。

フィーネは自室で、用意されていたクッキーとマドレーヌを貪るように食べていた。

「ミア！　おかわりよ！　おかわりを頼んできて！」

「了解しました！」

欲望のままにお願いするおかわり。

既に三回おかわりしているのだが、その勢いはまったく衰える気配がない。

『さすがに食べすぎじゃない？』

あきれ顔の幽霊さんに、フィーネはやれやれと首を振る。

「いい？　人生っていうのは名作ロマンス小説のようなものなの」

『甘ければ甘いほどいいってこと？』

「先の展開で何が待っているか誰にもわからないってこと」

フィーネは指を振りながら言う。

「だからこそ、今を全力で生きないといけないの。だって、遠慮なんかしてたらこのお菓子が食べられなくなるかもしれないじゃない」

『だとしても、少しくらいは遠慮した方が』

「これおいしっ！　次はこっちのおかわりも頼まなくちゃ！」

『聞いてない……』

欲望のままにお菓子を貪るフィーネ。

高潔で清廉な心を持った人物として噂が広がっている《黎明の魔女》とはまったく違う残念な姿。

「しかし、前当主別邸の探索は大変だったわよね。まさか、あんな大規模な地下施設で違法薬物の製造が続けられていたなんて」

『前当主が捕まってる今も、彼が動かしていた部下たちは活動を続けてるみたいだね』

「私としては、気持ちよくストレス解消できたからむしろラッキーだったんだけど」

『愛弟子がたくましすぎて僕は困惑してる』

ため息をつく幽霊。

しかし、まったく気にしていない様子でフィーネは言う。

「とはいえ、旦那様に出くわしたのはなかなかピンチだったわ。いろいろ対策もされてたし、一歩間違えれば捕まるところだった」

『そこで間違えないから君はさすがなんだけどね』

「そこは優秀な師匠に教わってるから」

『ふふふ』

「えへへ」

やさしい世界だった。

師弟で照れあってから話し合いを再開する。

「問題は《ククメリクルスの鏡》がどこにあるのかよね。どんな願いも叶えられる万能の願望機って話だけど」

『起動させようとしているなら、早急に見つけて阻止する必要がある。悪用されればいったいどんなことになるかわからない』

「そうね。思いきりぶっ飛ばして気持ちよさを噛みしめないといけないわ」

『行動の動機が独特すぎる』

こめかみをおさえる幽霊だけど、フィーネは当たり前じゃないみたいな顔をしていた。

(貴族の生まれじゃなかったら山賊の女王とかしてそうだな、この子……)

明らかに貴族令嬢らしい性格からはかけ離れている。

ずっと一人でほとんど誰の影響も受けていないにもかかわらずこうなのだから、前世では森の暴君と恐れられたボス猿みたいなことをやっていたのだろう。

(特殊な子だなぁ、ほんと)

思えば、昔からそうだった。

近隣に魔物が出るたび、『村の人たちが怯えてる危険な魔物!? やった! 思い切り殴れるっ!』と声を弾ませて、幽霊のアドバイスをすべて無視して一方的にボコボコにしていた。

『作戦？　正面からぶん殴ってぶっ飛ばせば良くない？』

本当に理解できないという感じで言ったその表情が幽霊の記憶に鮮明に残っている。

魔法が大好きな子だったとはいえ、よくそんな暴れん坊のじゃじゃ馬をここまで洗練された魔法使いにまで育て上げたものだ。

我ながら良い仕事をしたなぁ、と自画自賛しつつ今後の方針を考える。

『前当主派閥である貴族の動きを探りたいところだね。他にも、陰で動いている者たちがいるはずだから』

「いいわね。気持ちよく殴れる相手に出会えるのは良いことだわ」

『ソウダネ。君がそう言うならそうなんだと思う』

感情のない声で言う幽霊。

「わかったわ。旦那様に話してみる」

『前当主派閥の貴族が出席するパーティーに出たりできればいいんだけど』

フィーネは目を輝かせて言った。

「さあ、待ってなさい悪徳貴族たち！　世直し正義パンチでぶっ飛ばして気持ちよくストレス解消してやるわ！」

（一見大人しそうなこの子が、こんな特殊な性格してるなんて、きっとみんな夢にも思ってないんだろうな）

ずっと辺境の屋敷に幽閉されていたこともあって、見た目だけは深窓の令嬢に見える彼女を見つめて、幽霊はため息をついた。

「パーティーに出たい？」

シオンの言葉に、フィーネはうなずいた。

「私も次期当主夫人として、クロイツフェルト家の力になりたいんです。前当主様の残した負の遺産と、みんなで力を合わせて戦わないといけない状況だと思いますし」

「そう言ってくれるのはありがたいが」

シオンは少しの間押し黙ってから言った。

「大丈夫か？」

「何がですか？」

「君は、人付き合いが苦手だと聞いていた」

（あ、私は外に出ることもできないひきこもり令嬢ってことになってたから）

思えば、次期当主夫人なのにその類いの付き合いに呼ばれたことがない。

フィーネを気遣って参加せずに済むように配慮してくれていたのだろう。

（そういうのめんどくさいし正直ありがたい）

心の中で感謝しつつ、フィーネは言う。

「ありがとうございます。でも、今は大事な時期だと思うんです。私が社交界に出ないことで、変な噂が立ったりしてもよくないですし」

「悪評には慣れている。無理をする必要はないが」

「大丈夫です。たまには、私にもがんばらせてください」

シオンは少しの間フィーネを見て言った。

「わかった。一週間後、王宮の庭園で第二王子殿下の誕生日パーティーがある。出席する旨を伝えておこう」

(第二王子殿下の誕生日パーティー……！　思っていた以上の大きなイベント！)

心の中で拳を握った。

これなら、前当主派の貴族も多く出席するはず。

情報を集めるにはもってこいの機会だ。

「お願いします」


誕生日パーティーまでの日々は、あっという間に過ぎていった。

フィーネは大学のお手伝いをがんばっている自分へのご褒美としてタルトタタンを食べたり、ロールケーキを食べたり、スイートポテトを食べたりした。

結果、フィーネの体重は増加の一途を辿り、用意していたドレスが着られず絶望することになった。

「そんな……どうして……」

『毎食おかわりしてるし、増えない方がおかしいと思うよ』

声にならない声でうめくフィーネだったけど、お屋敷の侍女さんたちはやさしく励ましてくれた。

「大丈夫です。元が細すぎだっただけで今くらいが健康的でちょうどいいと思いますよ」

「サイズがぴったりなこちらのドレスにしましょう」

二人がかりで身支度を手伝ってくれる。

「任せてください。私がフィーネ様を世界一綺麗なお姿にして差し上げます」

張り切ってメイクをしてくれたのはミアだった。

(この子、ちょっと抜けてるところあるし大丈夫かしら)

と少し不安だったフィーネは、鏡の前で困惑することになった。

(なんだか別人みたいに綺麗になってる……)

今までのミアにはこんなことできなかったはずなのに。

いったいどうして、と瞳を揺らすフィーネに、お屋敷の侍女さんが小声で言った。

「フィーネ様がパーティーに出席するって決まってから、ミアさんすごく張り切って毎日夜遅くまでずっとメイクの練習をされてたんですよ。華やかな社交の場で外の世界の人と関わるのは不安だろうから、私が最高のお化粧でフィーネ様を勇気づけるんだって」

見ると、ミアの目元には睡眠不足らしい疲れの色があった。

何かが胸の奥をじんわりと温めてくれる。

フィーネは、ミアの手を握って言った。

「ありがと。私、がんばってくるわ」

感謝の気持ちがどれだけ届いたのかはわからない。

どんなに願っても、完全にはわかりあえないのが人間で。

百パーセントの気持ちをそのまま伝えることはできなくて。

だけど、少しでも届いてくれてたらいいと思った。

（もらった勇気で、私もがんばらないと）

公爵家所有の馬車に乗ってフィーネはシオンと第二王子殿下の誕生日パーティーへ出発した。

揺れる馬車の中。

隣に座る旦那様は、物憂げな顔で窓の外を見ていた。

会話のない静かな空間。

対外的には結婚していることになっているフィーネとシオンだけど、関係としては知り合い以上友達未満という感じ。

（少し前は、結構仲良くなってたんだけどな）

つまずいた拍子に、うっかり頬にキスしてしまったことで、旦那様は元々持っていた女性不信が悪化。

心のシャッターがガラガラと閉じ、最初の頃以上に心の距離を感じる今日この頃なのだった。

(初めて外の世界でできた友達なのに……ちょっと寂しい)

元々人間不信で周囲の人と深く関わることを避けていると聞くシオン様なので、仕方ないことなのかもしれないけれど、しかしそう簡単にあきらめるほど繊細な性格をしていないフィーネである。

(今は二人で話せる貴重な時間！　関係を修復するチャンス！)

密かに意気込みつつ、負担にならない程度に話を振る。

結果は、思っていたよりもうまくいった。

もっと嫌われていると思っていたのだけど、意外とそういうわけでもない様子。

むしろ、フィーネが前に言った話を細かいところまで覚えていたり、結構好かれてるのでは、とありえない錯覚まで起こしてしまいそうなくらい。

(じゃあ、なんで私を避けるんだろう？)

不思議でならない矛盾した行動。

馬車の天井を見ながら考えるけれど、外の人間にほとんど接することなく育ったフィーネに、感情の細かい機微を読み取るなんて難しいことができるわけもなかった。

(なぜだ……人の心がわからぬ……)

悲しきモンスターのようなことを思う馬車の中。

何より、一番わからなかったのは《黎明の魔女》の話をしたときのことだった。

シオン様がずっと捜していた念願の相手。

にもかかわらず、以前のように積極的に聞いてこないのだ。

とはいえ、会ってみて興味が薄れたという風にも見えない。

なんだか、フィーネに聞くことにためらいがある様子。

（なんでためらう必要がある？）

考えてみたけれど、さっぱりわからない。

疑問ばかりが増える馬車の中だった。


ロストン王国王宮は《紺青《こんじょう》の大王宮》と称される美しい建物だった。

左右対称の構成で造られた巨大なファサード。

エントランスの前には、みずみずしい芝生と噴水庭園が広がり、季節の花々が咲き誇っている。

雨漏りが止まらないボロボロの幽霊屋敷で育ったフィーネからすると、何から何までまったく異次元の空間。

すっかり圧倒されつつ案内してくれる執事さんの後に続く。

不意に声をかけてきたのは、ローブを着た男性だった。

「シオン様。申し訳ないのですが、少しお力を貸していただきたい案件がありまして」

どうやら、仕事のお話らしい。

「私は一人で大丈夫です。気にすることなく力を貸してあげてください」

「……すまない」

旦那様の背中を見送る。

(今のは、次期公爵夫人としてなかなか良い感じの対応だったんじゃないかしら)

そんなことを思いつつ会場に到着したフィーネは、そこに広がる光景にたちまち目を奪われた。

(色とりどりのお料理とお肉とケーキがいっぱい！)

ヴェルガンド地方の子牛のタリアーテに、ルクニ海老を煮込んだラシュティツァーダ。合鴨の胸肉ローストに、七曜蟹と帆立貝のアールリモネ。白桃のフォレ・ロワールと紅林檎のリンツトルテ。

華やかで魅力的な料理の数々。まるで宝石箱の中に迷い込んだような気分になる。

さすが第二王子殿下の誕生日パーティーということだろうか。

とりあえず食べてから考えよう。そうしよう。

うきうきで料理に向かうフィーネに、声をかけたのはふわりとした巻き髪のご令嬢だった。

「あら！　フィーネ様？　フィーネ様ですよね？」

弾んだ声。

いけない。次期公爵夫人として、ちゃんとした振る舞いをしなければ。

「はい。そうですけど」

「見違えました。結婚式のときは少し心配になってしまうくらい痩せていらしたので」

「そうなんです。ごはんがおいしすぎてつい食べすぎてしまって。ダイエットを始めたのですが体重の増加が止まらなくてですね」

「十分細いですし、私はもっと食べてもいいくらいだと思いますけれど」

「では、あちらのお肉をいただいてもよろしいでしょうか」

真剣な声で言ったフィーネに、巻き髪のご令嬢はくすりと笑った。

「いただきましょう。折角用意してくださったお料理ですから」

二人でおいしいお肉を並んでいただく。

レイラと名乗った彼女は、グレーシャー公爵家のご令嬢でシオンとは幼なじみだったと言う。

「昔は素直で明るくて活発な性格だったのですよ。でも、八歳くらいの頃に何かあったみたいで別人みたいに心を閉ざすようになって。理由を聞いても教えてくれませんし、気がつくと人間不信でいつも一人でいるみたいな状態に」

「たしかに、友達とお会いしているのは見たことがないかもしれません」

「こういう場だと、ぽつんと一人でいることも多くて。それはそれでちょっとかわいいのですけどね」

小さく笑ってからレイラは言う。

「その上、何かから逃げるみたいに危険な仕事ばかりして、いつも無表情だから冷酷無慈悲の《氷の魔術師》みたいに言われて……私は心配でならなかったのです。あの社会不適合者のシオンにまともな結婚生活なんて送れるわけがない。お相手の方は大丈夫だろうか、と。しかも、フィーネ様は少し人とのコミュニケーションが不得手というお話でしたし」

「たしかに、客観的に見ると絶対うまくいかなそうです」

「でも、実際のフィーネ様は少しお噂とは違いました。話してる感じ、人に会うのが怖くてお外に出られなかったなんて信じられないですし。魔法の才能がすごくて王立魔法大学でもご活躍されていると聞いています」

「いえいえ、みなさんが過分に評価してくださっているだけなので」

面倒そうだからと出ていなかった社交界だけど、いつの間にか私に対する風向きも変わってきているみたいだった。

(お母様と妹に絶対悪い噂を流されてると思ってたのに)

多少の悪い噂くらいではびくともしないくらいに、王立魔法大学での評判がプラスに働いてるということだろうか。

(そういえば、今日は姿を見てないけどどこにいるんだろう?)

政略結婚でクロイツフェルト公爵家とつながりを深めたウェストミース伯爵家。

呼ばれていないというのはありえないし、だとすれば絶対に嫌味を言いに来るはずなのに。

「どんなことでも力になりますから、相談してくださいね」

レイラ様は言う。

「シオンはかなり人間性に問題がありますが、でも根は悪い人ではないんです。辛抱強く付き合えば、きっと仲の良い夫婦になれると思います。だから、あの人をあきらめないであげてほしくてですね」

「レイラ様はシオン様のことがお好きなのですね」

「好きというよりは、つい心配になってしまう腐れ縁という感じですね。ほんとあの人、危なっかしくて見ていられなくて」

あきれ顔で嘆息するレイラ様。

どうやら、本当に心配してくれているらしい。

「でも、シオン様は最初の頃から結構いろいろ話してくれましたよ。食事の時間はできるだけ一緒に食べようとしてくれましたし」

「彼に気を遣《つか》って嘘をつかなくても大丈夫ですよ。私、シオンが救いようのない社会不適合者だってよく知ってるので」

レイラ様は女神のようなやさしい顔で言った。

嘘ではないと信じてもらうまでにしばらく時間がかかった。

「ほ、本当にシオンが朝食と夕食を一緒に……!?」

「はい。お互い魔法が好きなので、共通の話題があったこともありまして」

「そんな……あの社会性が終わってるシオンがそんな人間らしい行動を見せるなんて……」

「レイラ様はシオン様をなんだと思っているのですか？」

「人として持ち合わせて然《しか》るべき感性をどこかに置いてきてしまった悲しき魔法モンスターです」

レイラ様はしばしの間呆然としていたが、やがて目元を拭って言った。

「良い人に出会えてよかったですわね、シオン……」

それから、私の手を握って続けた。

「多分、フィーネ様が思ってるよりもシオンにとって貴方は特別な存在になってると思います。どうか見捨てないであげてくださいね。根は悪い人ではないんです。私も力になりますから」

(特別な存在、か……)

たしかに、シオン様にとって私は特別な存在なのだろう。

ずっと追いかけてきた片思いをしている相手――《黎明の魔女》の話が聞ける相手として。

だから、彼が好きなのは私ではないし、レイラ様の思っているような関係とは違う。

(いや、その片思い相手の正体は私だから、その意味では私のことが好きなんだろうけど)

誰かに好意を持たれるのは初めてで。

だからうれしくて、気恥ずかしかった彼の《黎明の魔女》への気持ち。

だけど、今は少し胸がもやもやする私がいた。

それがどうしてなのかはわからない。

（まさか、心臓の病気……？）

生死にかかわる問題かもしれない。

帰ったら、魔法医学関係の本を読んで症状を確認しようと思うフィーネだった。

（許せないわ……あの厄介者が、シオン様の妻として認められるなんて……！）

フィーネの義妹――オリビア・ウェストミースは激しい嫉妬の炎に身を焼かれていた。

自身に劣る存在として、満たされない心の空白を慰めてくれた前当主の娘。

社交界で失敗した帰り道も、あれよりはマシだと思えば耐えられた。

侯爵家の美しい令嬢を見て劣等感に苛《さいな》まれた日も、自分が買ってもらえないヴァイオリンをみんなが当たり前みたいに持っていたときも、自分より下がいると思うと安心できた。

義姉は自分より不幸な存在でなければならないのだ。

救いようがない悪徳貴族とのどう考えても幸せになれない縁談だったからこそ、あの屋敷から出すことを許したのに。

将来を期待される公爵家次期当主が相手になるなんて聞いていない。

（私にもチャンスがあったのに……！　あそこで私が義姉の代わりに縁談を受けていれば……！）

どんなに悔やんでも悔やみきれない。

誰もがうらやむ立場になれたのに。

見下してくる社交界の連中を見返してやることができたのに。

腹立たしいのはそれだけではない。

義姉は魔法の才能を認められ、王立魔法大学で臨時研究員としての仕事もしているという。

驚異的な才能で魔法界を揺るがす王国屈指の才媛――

そんな評価を聞くたびに、怒りで目の前が真っ白になる。

(あの性悪にそんな才能があるわけない。みんな騙《だま》されているのよ。表面をうまく取り繕ってできるように見せてるだけなのに……!)

加えて、ウェストミース家ではフィーネの評価が高まっていることが新たな悩みの種になっていた。

『あの子が公爵家次期当主夫人として世間に認められ、発言権が強くなれば、冷遇していた自分たちの評価が損なわれる可能性があるのではないか』

内側からウェストミース家を見てきたフィーネは、義父母の行ってきた不正や、相続法に反してフィーネのものである先代の資産を売却したことを知っている。

もしも彼女が次期公爵夫人としてそれを告発すれば、築き上げてきたすべてが一瞬で失われてしまうかもしれない。

(なんであんな出来損ないのせいで私たちが悩まないといけないの……!)

オリビアは拳をふるわせる。

（家名を守るためにも、このパーティーで大恥をかかせて、評価を地に落としてやる。調子に乗ったことを後悔すれば良いわ……！）

慣れない公爵家次期当主夫人としてのお仕事。

挨拶して顔と名前を覚えるのだけど、幽霊屋敷で幽閉されていたフィーネなので、これが本当に難しい。

（覚えられる気がしない……）

なんとか特徴を見つけて頭に入れつつ、考えるのは魔法のこと。

「ああ、帰りたい……本が読みたい。魔法の勉強したい……」

『うんうん。弟子が勉勉で僕はうれしいよ』

「一日中ベッドの上で魔導書読んでたい。本を読みながらお菓子を食べて永遠にごろごろできる人生が欲しい」

『勤勉じゃない……？』

困惑した顔の幽霊さんは、王宮の奥に視線を向けて言う。

『奥の方を見てきていい？　少し気になることがあって』

「うん、行ってらっしゃい」

幽霊さんを見送ってから、一人になったフィーネは頭の中で魔法式を描いて心を落ち着ける。

（ああ、なんで魔法の世界はこんなに綺麗なのだろう）

すべてが整然とした秩序の上にできている美しい世界。

それに比べれば、人間の世界は不規則でごちゃごちゃしてて目が回ってしまう。

（社交界はやっぱり苦手だ）

インドア派のフィーネらしい結論。

（外に出るのは、大学に魔法研究のお手伝いに行くときと、悪いやつをぶっ飛ばしに行くときだけでいいのに）

アクティブ系ひきこもり気質な自分の性格をあらためて実感しつつ、後ろの方でパーティーが終わるのを待つ。

今は、王立騎士団の精鋭による演舞が行われていた。

演舞用の剣を使って見事な剣技を披露する騎士さんたち。

関係者による余興は、第二王子殿下の誕生日パーティーでは毎年恒例のことらしい。

王国を代表する舞踏家による伝統舞踊や、高名な軽業師による曲芸など、各々が今日のために準備してきた出し物を披露している。

（早く帰りたいわ。こんなの、何がいいのかしら）

最初の方はまったく興味がなかったフィーネだけど、一流の方々が弛《たゆ》まぬ修練で磨き上げた技術には、生で見ると圧倒される迫力があった。

（よ、世の中には私が知らないすごいものがたくさんあるものなのね……！）

並んで一礼する騎士さんたちに全力で拍手をする。

磨き上げられた素晴らしい余興の数々。

これが見られただけでも今日は来てよかったかも、とほくほくしながら会場の進行を待つ。

「次に登場していただくのは、王国一と名高いオペラ歌手のクレメンテッリ様の予定だったのですが、流行病により本日は出席されることが叶いませんでした。しかし、彼女の代わりに余興を披露すると名乗り出てくださった方がいます」

（王国一と名高いオペラ歌手の歌唱……聴きたかった……）

すっかり出し物に夢中な一人の観客として落胆していたそのときだった。

「拍手を持ってお迎えください！　近頃王立魔法大学で活躍していると話題のこの方――フィーネ・クロイツフェルト様です！」

頭上を真っ白に染めるスポットライト。

太陽が近くにあるみたいに暑くて、だけどフィーネの頭の中はそれどころではなかった。

（私余興やるの!?　あんなすごい人たちの後で!?）

大恥確定のシチュエーションに、心の中で頭を抱える。

注がれる会場中の視線。

もはや逃げることもできない。

進行の手伝いをしている貴族さんに案内されて、罪人のような足取りでステージに立つ。

苦手な社交界。華やかなステージの真ん中。

視界を白く染めるスポットライトが肌を焼く。

(ど、どうする……!?　何をすれば……!?)

思考回路が粉々になりそうな混乱状態。

人より獣の方が多い辺境で幽閉されて育ち、ほとんど人と関わらずに生きてきたフィーネにとっては初めて経験する衆目を集める状況。

今にも泡を吹いて倒れそうなのだけど、しかしそれでも意識を失わずに耐えられる自分の精神強度が憎かった。

(踊りは運動苦手でリズム感が絶望的にないから無理だし、歌も音痴で幽霊さんに苦笑されるレベルだし……)

考えれば考えるほど絶望的な状況。

(いや、でもやるしかない!　お願い、神様!　今だけ奇跡を起こしてすごい踊りを踊らせて!)

なんとなくの記憶を頼りにそれらしいステップを踏む。

次の瞬間、フィーネはこの世の終わりみたいな体勢で天井を見上げていた。

(う、運動音痴すぎて身体が意味不明なことに……)

凍り付く会場の空気。

時間が止まったかのような静けさの中で、かすかにつぶやきが漏れる。

「な、なんだあれ……」

「死霊みたいな動きしてたぞ」

「わからない……いったい何を表現しようとしているんだ……」

困惑の声に、顔が熱くなるのを感じつつ、マイクの前に立つ。

(踊りがダメなら歌だ！　お願い、奇跡よ起きて！)

思いを込めて、口を開く。

「……………………」

緊張しすぎて声がまったく出なかった。

フィーネは涙目になった。

「な、なぜ無音……」

「まさか、声を出さずに歌を……？」

「わからない……いったい何を表現しようとしているんだ……」

(楽しんでたのになんでいきなりこんな大恥をかかないといけないのよ！)

何か行き違いがあったんだろうけど、世の中の理不尽さにすべて投げ出して逃げ出したくなる。

くじけそうになったそのとき、聞こえたのはよく知っている声だった。

『怖がらなくていいんじゃない？』

幽霊さんの声。

振り向いたフィーネの目に映ったのは、水晶の蠟燭台に映った自分の顔だった。

いつもと全然違うそのメイクは、ついてきてくれたあの子がくれたもの。

『フィーネ様がパーティーに出席するって決まってから、ミアさんすごく張り切って毎日夜遅くまでずっとメイクの練習をされてたんですよ。華やかな社交の場で外の世界の人と関わるのは不安だろうから、私が最高のお化粧でフィーネ様を勇気づけるんだって』

心のやわらかいところをあたためてくれる何か。

『君らしくやれば大丈夫』

幽霊さんはにっこり目を細めて言った。

『やっちゃえ』

迷いはなくなっていた。

私には応援してくれる人がいる。

（そうよ。こうなったら好き勝手やってやるわ）

開き直ったフィーネは、背筋を伸ばしてステージの真ん中に立つ。

（もうちゃんとした余興なんてやってやらない。私の魔法で、全員ぶっ飛ばしてやる！）

ロストン王国第二王子であるアレン・ロストンにとって、誕生日パーティーで披露される余興は退屈なものだった。

初見のときは感動した見事な技芸の数々も、幾度となく見ていると、飽きて心を動かさないものになってくる。

しかし、だからといってそれを言葉にできないのが第二王子としての立場だった。

飽きたと自分が言えば、この余興はなくなる。

しかし、そのときにこの余興に関わった者たちはどう感じるだろう。

自分たちの努力が、こだわりが否定されたような気持ちになるのではないか。

その上、世間の想像力はいつだって獰猛で容赦がない。

『あの軽業師、第二王子の誕生日パーティーでやらかしたんだと』

『それで外されたのか。たしかに落ち目だったもんな』

『あんなくだらない芸で、パーティーに呼ばれてたのがそもそもおかしかったのさ』

根も葉もない噂が広まり、彼の家族や子供まで傷つくことになるかもしれない。

（この気持ちを外に出すことは許されない）

それは、私室で個人的な会話をしている際も同様だ。

どこから話が漏れるかわからない。

国を背負う立場と責任から、彼は自分の感情を殺しながら生きるようになった。

湧き上がる感情を他人事のように距離を置いて観察し、心を整える。

（人生は退屈で苦しいことばかり。そういう風にできている。だから、心を殺して責務を全うする）

そんな彼の心は、流行病によってオペラ歌手が来られなかったことで急遽代役を務めることになったフィーネ・クロイツフェルトに対しても冷め切っていた。

（随分目立ちたがりらしい。どうでもいいことだが）

冷ややかな目で見つめていた彼女の余興。

しかし、始まったそれは想像していたものとは違っていた。

（なんだあのまったく意図が理解できない不可思議な動きは……）

困惑と混乱。

なぜこの大舞台であんなものを披露しようと思ったのか。

（いったい何をしようとしているんだ……？）

戸惑う観衆の視線の先。

彼女は覚悟を決めたように見えた。

二つの足でしっかりステージを踏みしめ、そっと右手で虚空に何かを描く。

ひらひらと会場の中に何かが舞い始める。

音もなくテーブルに落ちたそれは、粉雪だった。

羽根のように半透明の氷の結晶が空を舞っている。

シャンデリアの下、王宮の中に降る雪。

そして、現れたのは水の精霊たちだった。

幻想的な美しさをたたえた彼女たちは、気持ちよさそうに広い会場の中を飛び回る。

(精霊を呼びだす召喚魔法……王国魔法界でも使えるのは数名しかいないはずなのに……)

次々に展開する魔法式。

無数の精霊と粉雪が美しく空を舞う。

やがて、その奥に現れたのは巨大な魔法陣だった。

美しい光の輪から、姿を見せたのは水魔法で形作られた竜。

竜と精霊が粉雪の空を舞う。

(なんて……なんて綺麗な……)

胸の奥が激しく震えた。

新鮮な感動と興奮。こんな感覚になったのはいったいいつ以来だろう。久しく忘れていた何かが自分という存在を激しく揺らしている。

「すごい……」

無意識のうちに口から言葉がこぼれ落ちる。

気がつくと頰に涙が伝っていた。

なぜ自分は泣いているのか。

混乱。わけもわからず目元を拭う。

不意にアレンは気づいた。

（そうか。自分は疲れていたのか）

王室の一員としての責任。仮面を被って、求められる自分を演じる生活。

本当の気持ちは押し込められ、いつしかどこにあるのかもわからなくなっていた。

だからこそ、その光景は彼の心を打つ。

それを見ることで彼は、押し込めていた本当の気持ちを見つけることができたのだ。

大人だから我慢しないといけない。

王族だから不満を言ってはいけない。

男だから耐えないといけない。

そうやって押し込めていた本当の気持ちを。

（もう少し自分に優しくしてあげてもいいかもしれない）

精霊たちの舞踏がどのくらいの時間続いていたのか、第二王子にはまるで見当が付かなかった。

長かったような気がするし、ほんのわずかな時間だったような気もする。

精霊たちが消え、フィーネ・クロイツフェルトが一礼する。

誰も言葉を発することができない。

ただただ呆然と見つめていることしかできなかった。

（あれだけの規模の魔法をどうすれば制御できる？　魔力消費量も常軌を逸した量に達していたはずだ。それに加えてあの複雑な魔法式の展開速度と術式精度）

公爵家の次期当主夫人が使うものとしては、あまりにも規格外の魔法技術。

アレンは思う。

（いったい何者なんだろう、彼女は）

召喚魔法を使った余興は、フィーネが想像していた以上に貴族の方々の心を打つものだったらしい。

みんなびっくりするくらいに感動してくれていて、予想外の反応に困惑する。

（でも、あれくらいしないとみなさんのすごい余興に太刀打ちできなかったし。すべって大惨事にならずに済んだから全部良しとしましょう）

一歩間違えれば黒歴史確定の緊急事態を乗り切ってほっと息を吐く。

応援してくれた幽霊さんは、フィーネの魔法劇を満足げに見届けてから王宮の探索に戻っていた。

目立つのはあまり得意じゃないので、心が落ち着く人気《ひとけ》の少なめな場所を探していたフィーネの腕をつかんだのは、知らない男性だった。

「あの、先ほどの魔法すごかったです！　どこであんな魔法式を学ばれたのですか？」

興奮した表情と上気した頬。

すごくお酒の匂いがする。

「ぜひ今度私に魔法を教えていただきたくてですね。私はメイスター領で領主をしている伯爵家の者で――」

たたみかけるような早口。

お酒が入っていることもあって、自制が効かなくなってしまっているのだろう。

（魔法大好きな人種にありがちなやつ……わかるわ……！）

共感するところはあったものの、次期公爵夫人として他の人に手を握られているというのはあまりいい状況ではない。

折角クロイツフェルト家の評判を高めるために来ているのに、変な噂を立てられたら本末転倒だ。

（良い感じにかっこよくスマートに断らないといけないわね！）

しかし、問題はフィーネが外の人との交流をほとんどしてこなかったため、人間関係における引き出しをびっくりするくらい持っていないことだった。

（な、何も浮かばない……こういうとき、かっこいいスマートな人はどういう風に断るの……!?）

困惑していたそのとき、フィーネの前に現れたのは知っている横顔。

「妻を困らせるのはやめていただきたい」

「し、シオン様……！」

声を裏返らせる男の人。

そこで初めて、お酒のせいで自分が我を忘れていることに気づいたのだろう。

「も、申し訳ございません。失礼します」

そそくさと去って行く男性。

割り込んでくれた旦那様の大きな背中を見上げる。

(なんてクールでスマート！　まるでロマンス小説みたい！)

社交界慣れしててすごいなぁ、と感心する。

(私がロマンス小説の主人公なら絶対惚《ほ》れてたわね。これが小説じゃなくて現実でよかったわ！)

危ないところだった。

フィクションと現実の区別が付く自分を『えらい！』と心の中で褒めつつ、旦那様にお礼を言う。

「助けてくださってありがとうございます。すごいですね、スマートパワー！」

「スマートパワー？」

「私も見習っていかなければ」

あんな風にかっこいいスタイリッシュでエレガントな振る舞いがしたいと、憧れのまなざしで見つめるフィーネに、旦那様は言った。

「先ほどの魔法はなんだ？」

「どこに出しても恥ずかしくないとっておきの宴会芸です！」

えへんと胸を張る。

裏山で精霊たちの行う宴会に出くわした際は、いつもあれをやってその場を盛り上げていたのだ。

「宴会芸……あれが……？」

「はい。私的にはうまくできたと思ってたのですけど」

旦那様の顔を見上げつつフィーネは言う。

「お気に召しませんでしたか？　改善点があったら教えてください。次はもっと最高の余興を披露してみせます」

「なんだその謎に高い意識は」

「鉄板の宴会芸をひとつ持っておけば、人生生きやすくなるって本で読んだのを思いだして」

「…………」

シオンはじっとフィーネを見つめた。

しばしの間押し黙ってから口を開く。

「クロイツフェルト家は代々優秀な氷魔法の使い手を輩出してきた名家としても知られている」

感情のない声で続けた。

「数百年続く長い歴史の中で、あの規模の召喚魔法が使える魔術師が何人いたと思う？」

「十人くらいですか？」

「一人もいない」

背筋を冷たいものが伝った。

私はやりすぎてしまったのかもしれない。

少なくとも、王国屈指の天才魔法使いであるこの人にとっては見過ごせないところまでやってしまった。

「答えろ。君はいったいどこまで――」

そのとき、鼓膜をふるわせたのはひどく切迫した声だった。

「シオン様！　大至急お伝えしたいことが」

同行してくださっている従者の方だった。

逡巡の後、彼の耳打ちを聞いたシオンは小さく目を見開いた。

胸を撃たれたみたいな顔だった。

何かよくないことが起きているのが感覚的にわかった。

「すまない。今すぐ屋敷に戻らないといけなくなった」

「何があったのですか？」

少しの間、言葉に迷ってからシオンは言った。

「父が襲撃された。祖父の協力者に襲われて意識不明らしい」

第四章　黎明の魔女

クロイツフェルト家のお屋敷に戻ったフィーネたちを待っていたのは、凄惨《せいさん》な光景だった。

半壊したお屋敷と負傷した従者さんたち。

その中に自分を好いてくれたその子の姿を見つけて、フィーネは絶句する。

「ミア……！　ミア、どうして……！」

真っ白になる思考。

「襲われていた私たちを助けようとしてくれたんです」

ふるえる声で言ったのは右手に包帯を巻いた侍女さんだった。

「フィーネ様ならきっとそうするからって。最後は私たちを庇《かば》って……」

全身に包帯を巻かれて、ミアは人形みたいに眠っていた。

駆けつけた魔法医師に処置を受けたのだろう。

容態は落ち着いているものの、意識が戻るまでには時間がかかるはずだ。

『フィーネ様がパーティーに出席するって決まってから、ミアさんすごく張り切って毎日夜遅くまでずっとメイクの練習をされてたんですよ。華やかな社交の場で外の世界の人と関わるのは不安だろうから、私が最高のお化粧でフィーネ様を勇気づけるんだって』

湧き上がる怒りが抑えられなかった。

元々ぶっ飛ばしたいと思っていた悪徳貴族。

だけど、今胸を焼いている怒りは、前のような軽いものとは違う。

（ベルナール卿。貴方はやってはならないことをした）

ベルナール卿は幽閉されていた地下室を脱出し、協力者と共に行動している可能性が高いという。

自室に戻って鞄に荷物を詰める。

心の中は既に決まっていた。

（二度と誰も傷つけることができないところまで徹底的に叩き潰す。たとえどんな手を使っても）

『いいのかい？　彼に説明しておかないと、もう二度とこの家に戻って来られないかもしれない』

「いいのよ。元々悪徳貴族をぶっ飛ばして姿を消す予定だった。予定より少し長くなっただけ。次期公爵夫人なんて恵まれた立場と生活、一時的に体験できただけでも幸せすぎるくらいだもの」

おいしいごはん。

やわらかいベッド。

料理長のお菓子とケーキ。

よくしてくれた使用人さんたち。

意外なくらい優しかった旦那様。

幽霊屋敷に幽閉されていたフィーネにとってはすべてが、信じられないくらい素敵な体験で。

だけど、それさえも捨ててしまえるくらいに、今の自分は血管がぶち切れている。

月の見えない夜。

大きな鞄を手に、フィーネは窓からシオンの邸宅を抜け出す。

裏口の塀を跳び越えて、ローブの下から仮面を取り出した。

（さよなら、公爵家での生活）

仮面を着けた私――《黎明の魔女》は夜に消える。

◆　◆　◆

「なんなの、あの子……！　聞いてないわよ！　あんなすごい魔法が使えるなんてありえない！」

第二王子殿下の誕生日パーティーからの帰り道だった。

伯爵家所有の馬車の中で、怒りに震えるオリビアの頰を打ったのは、母であるイザベラだった。

「なんてことをしてくれたの……！　貴方のせいで会場はあの子の話題で持ちきり。あの子に王宮の要職を任せてみてはどうかなんて声まで聞こえてくる始末。何より、もし今回あの子をステージに引っ張り出したのが貴方だって知られたらどうなるか。いよいよ、あの子は私たちを潰そうとするかもしれない」

馬車の壁を叩いてイザベラは言う。

「そうなると私たちは終わりよ！　全部貴方のせい！」

「でも、元はと言えばパパとママがベルナール様の縁談を受けたからじゃ――」

「黙りなさい」

「厄介者を処分してさらにお金と公爵家との結びつきも得られるって」

「黙りなさいッ！」

平手打ちの音が響く。

月のない静かな夜だった。

堪《こら》えられず泣き始めたオリビアの嗚咽《おえつ》は馬車の外まで聞こえた。

「過去を変えることはできない。変えられる未来のことを考えよう」

言ったのは、ウェストミース伯だった。

フィーネの叔父であるウェストミース伯は、落ち着いた口調で続ける。

「家族と一族の名誉を守るために何をするべきか。それが重要だ」

「もう手遅れよ！　何ができると言うの！」

「口を封じる手段はいくらでもある」

ウェストミース伯は言う。

「あの子を家に呼びだせ。あとは私に任せてくれれば良い」

息苦しく冷たい沈黙が馬車の中を包んだ。

誰かが息を潜めて聞き耳を立てているような気がした。

誰も何も言わない。

揺れる馬車の軋みと、車輪が小石を散らす音だけが聞こえている。

人気のない道を進んでいた馬車が不意に動きを止めたのはそのときだった。

「なぜこんなところで停まる」

「そ、それが……」

怯えた声で言う御者。

そこにいたのは、武装した兵士たちとそれらを率いる一人の老人だった。

その顔を見たウェストミース伯は息を呑む。

「ベルナール様……捕まっていたはずでは……」

「私が出ることを望んでいなかっただけのことだ。シオンも随分と知恵を付けたようだが、まだまだ青い。私の力ならあの程度、いつでも抜け出すことができる」

ベルナールは柔和に微笑《ほほえ》んで言った。

「主《ぬし》らに協力を頼みたい。私を軽んじた愚か者どもに罰を下すために力が必要でな」

（やられた……祖父はこちらが想定していた以上の戦力を隠し持っていた）

途方もない規模の富と権力を手中に収めていた祖父ベルナール。

疑い深く慎重な性格の彼は、後継者として育てたシオンにもその力の全容を巧妙に隠していた。

十年かけて全容を把握したと思っていたそれは、まだほんの一部にしか過ぎなかったのだろう。

その上、翌朝聞かされた報告はシオンをさらに動揺させることになった。

「フィーネがいなくなった……!?」

「はい。昨夜の内に窓からお屋敷を抜け出されていたようで」

愕然とするシオンに、言葉を選びながら執事は言う。

「部屋の中の何かが盗み出された形跡はありませんでした。持ち去られていたのはフィーネ様のお荷物だけです。念のため、部屋の外のものについてもこれから確認しようと思っておりますが」

「確認の必要はない。彼女はそういうことはしない」

言いながら、シオンは激しく混乱していた。

なぜこのタイミングで彼女が屋敷から姿を消すのか。

浮かぶのは考えたくない可能性。

（祖父とフィーネが内通していた……？）

十分すぎるほどに説得力のある仮説であるように思えた。

慎重な性格のベルナールが、縁談にあたってフィーネの周辺状況を念入りに調査したことは間違いない。

その中で、あらかじめこうなることを想定して、内通者になるよう手を回していたとしたら——

ありえないことだと思いたい。

しかし、完全に否定できなければ、その可能性は頭の隅にひっかかって彼を苛《さいな》む。

何より、シオンを動揺させていたのは、彼女がいなくなってしまったという事実だった。

結婚してから、家族のように近くにいた。

忙しい生活の中で時間を作り、共に食事をしていろいろなことを話した。

最初は彼女が《黎明の魔女》の弟子だったから興味を持った。

だけど、それはあくまできっかけ。

途中からいつの間にか、彼女自身に関心を持つようになっていた。

腐敗と偽りに満ちた家の中で育ち、誰も信じることができなかった自分が初めて自然体で話すことができた相手。

その存在はシオンが自覚している以上に、彼の中で大きなものになっていた。

彼女がここにいない。

ただそれだけのことで、頭の中が真っ白になってしまうほどに。

もしかしたら、二度と戻ってこないかもしれない。

そんな想像が浮かんで、息ができなくなってしまうくらいに。

（祖父を打倒し、彼女を見つけだす）

父が持っていた情報網を使い、祖父と彼女の情報を探す。

祖父と対立し、その周辺情報を独自に探っていた貴族たちが協力してくれた。

「ベルナールは王国内に三十九の拠点を持っています。裏社会で麻薬王と呼ばれる麻薬カルテルのボスと深いつながりがあり、様々な犯罪行為を裏から手引きしている。行動は慎重で極めて注意深く、一筋縄でどうにかできる相手ではありません。何より、各拠点には最新式の違法兵器で武装した兵士たちがいる。突入するならこちらも相応の被害を覚悟しなければなりません」

「最悪の場合、命を失う者も出る」

「はい。貴方も、私も」

張り詰めた空気。

部屋に飛び込んできたのは、シオンが放っていた密偵の一人だった。

「大変です！　何者かが今朝、ベルナールの拠点を襲撃！　現場は一方的に跡形もなく破壊されていたとのことで」

時間が停止したかのような沈黙が部屋を包んだ。

「ありえない……あの厳重な警備態勢をいったいどうやって……」

呆然とする貴族たち。

「どこだ？　どの拠点だ？」

「ここと、それからここと、ここ」

「三ヶ所も？」

密偵は首を振り、唾液を飲み込んでから言った。

「七ヶ所です」

誰も何も言うことができなかった。

深い海の底のように静かな部屋の中で、柱時計が時を刻む音がやけに大きく鼓膜を揺らした。

少しの間押し黙ってからシオンは言った。

「おそらく、我々の理外にいる何かが動いている」

「まさか《黎明の魔女》か？」

「彼女が関わっている可能性が高いかと」

しかし、シオンはそこにもう一人、別の人物が関わっているのを感じていた。

《黎明の魔女》を誰よりも知る一番弟子。

昨日の夜、傷ついた自身の従者を見て、刃物のような目をしていた彼女——

間違いなく、フィーネがそこにいる。

◆　◆　◆

その日、王都の第十九区画にあるベルナール前公爵の隠し拠点は混乱の中にあった。

周辺拠点への何者かの襲撃。

集まってくる情報はどれも真偽の疑わしいものばかりだった。

『犯人は侵出してきた他国の麻薬カルテル』

『裏で王国上層部が糸を引いている』

『実は内部に手引きしている裏切り者が』

周辺地域において麻薬の密売を取り仕切る拠点の責任者、ウーゴは情報を精査していた。

彼の両手には赤黒い何かがついていた。

その傍らで、末端の売人が血に塗れて痙攣《けいれん》している。

「騒ぐな。ここは他とは違う。誰が来ようとやられることはない」

潤沢な装備と違法兵器。

彼の取り仕切る拠点は、王国内拠点の中で最も多くの戦力を保有していることで知られていた。

王立騎士団の精鋭でも、内部情報がなければまず突破できない万全の警備態勢。

各拠点が襲撃されたことで、その警戒度はさらに引き上げられている。

(問題は、敵がいったいどういった類いの組織なのか、だ)

ウーゴは書き出したメモを睨む。

沈黙が部屋に降りた。

深い海の底に沈んでいるかのような静けさだった。
照明の灯りに、漂う埃が反射している。
最初の異変は、建物を揺らす小さな振動だった。
立っていれば気づかないくらいの振動。
しかし、たしかにテーブルに置かれたコップの水面は揺れている。
その振動に、ウーゴはわずかな違和感を感じ取っていた。
普通ではない何かがそこに含まれているような気がした。
外の見張りに持たせた魔導式通信機から通信が入ったのはそのときだった。
『襲撃です！　何かが……！　何かがいます！』
通信はそこで途切れた。
「何がいた。答えろ」
問いかけへの反応はない。
擦《こす》れるようなノイズだけが聞こえている。
遠くから響く地鳴りの音。
不穏な何かを孕んだ振動は少しずつ近づいてくる。
『まずいです！　止められません！』
『ひっ――――』

切迫した声とノイズ。

途切れた通信が再び繋がることはなかった。

(なんだ……何が起きている……?)

戸惑い。


次の瞬間、彼を襲ったのは背筋に液体窒素を流し込まれたような悪寒だった。


真っ白になる思考。

からからに乾いた喉の奥。

(なんだ、この異常な魔力圧は……!?)

立っていることができなかった。

同じ部屋にいた幹部の二人は魔力圧にあてられて崩れ落ち、よだれを拭うこともできずにふるえている。

(何が……いったい何がいるんだ……)

生涯で初めて経験する恐怖の感覚。

彼が知る尋常な世界の理《ことわり》を超えた何かがそこにいる。

やがて、静かに扉が開いた。

「ごきげんよう。すごいですね。失神せずに耐えるなんて」

現れたのはローブに身を包んだ仮面の女性だった。

彼女は朝の散歩のような落ち着いた所作で、ウーゴに歩み寄って言う。

「死にたくなければ答えなさい。私の大切な人を傷つけた犬畜生はどこにいますか？」


王都の外れにある豪奢な邸宅。

対外的には存在しないことになっているその屋敷は、十五種類の隠蔽《いんぺい》魔法と魔法結界によって厳重に守られている。

ベルナールに招かれて屋敷に入ったオリビアはその荘厳さに思わず見とれた。

どれだけのお金があればこんな建物が建てられるのだろう。

見えない細部に至るまでそのすべてがこだわり抜かれた逸品で統一されている。

「お招きいただきありがとうございます」

そう微笑んだイザベラの表情には隠しきれない喜びが滲んでいる。

ベルナールの力の一端を見て、彼がクロイツフェルト家の当主に返り咲くことを確信したのだろう。

「現当主と近い距離にいる主らを招いたのは、仕事を頼みたいと思ったからだ」

ベルナールは言う。

「彼らに近づき内通し、価値のある情報を取ってきてほしい。そう考えていた」

ウェストミース伯はうなずく。

「お任せください。必ずやお役に立ってみせます」

「だが、先の報告で少し予定が変わってな。予定より早く儀式を行うことができそうだ。邪魔が入る前に進めなければならない」

「もちろん構いません。ベルナール様の望むとおりに進めてください」

「君たちも見ていくといい。《ククメリクルスの鏡》という迷宮遺物の話を聞いたことがあるかね？」

「申し訳ありません。不勉強なもので」

「一般には知られていないものだから当然のことだ。ロストン王室では三種の神器と呼ばれている伝説の魔道具のひとつ。失われた旧文明の遺跡から発見されたとても貴重なものでな。かつて存在した古の賢者が作ったという伝承もあるがおそらく真実ではない。ここまで強大な力を持つ魔道具を人間が作ることは不可能だからだ」

ベルナールは口元のしわを深くして続けた。

「百年に一度、どんな願いも叶えることができる万能の願望機。だが、この《鏡》を使って願いを叶えようとした者は例外なく悲惨な末路を辿っている。なぜだかわかるか」

「なぜですか？」

「《鏡》は対価を求めるからだ。願いを叶えるためには相応の代償を払わなければならない。先人たちはそこで過ちを犯した。対価の本質を見誤り、代償を求める《鏡》に飲み込まれた」

「人を飲み込むのですか、その鏡は……」

「正確には人の魂を飲み込む。それも、魔力を持った者の魂をな」

ベルナールは言う。

「重要なのは魂が持つ魔力の総量だ。願いを叶えるために必要なだけの魂と魔力を捧げなければならない。考えてみれば当然のことだ。大きな火をおこすためには、それが可能な量の薪《まき》をくべる必要がある」

奥の部屋の扉を開けて、ベルナールは続けた。

「だから私は薪を用意した。クロイツフェルト公爵家が王国内に八十二ヶ所の孤児院を保有しているのは知っているかね」

「まさか……」

「強い魔力を持つ身寄りのない子供。三百人も集めれば、私一人が永遠の命を得るためには十分すぎる量であろう？」

カッカッと乾いた笑みが響く。

暗い部屋の中には、魔法で眠らされた子供たちが人形のように横たわっていた。

その異常な光景に、ウェストミース伯は息を呑む。

自らの欲望のために、ためらいなく罪のない子供たちを犠牲にすることができる。

この人は完全に狂ってしまっている。

「だが、少し状況が変わった。愚か者どもが反旗を翻し、今も何者かが狂ったように私の拠点を潰して回っている。《鏡》の力で永遠の命を得たとしても、富と力を失ってしまえば何の意味もない。まずは敵対者を葬り去るための力を得る必要がある」

ベルナールは暗い部屋を奥へと歩いて行く。

横たわる子供たちを蹴飛ばしながら、中心に置かれた大きな鏡に手をかけた。

「願いはこうだ。《鏡》よ。私にこの世界で最も強い存在になれる力を寄越せ」

《鏡》が紫色の光を放つ。

異常な量の魔素があたりに充満したその瞬間、倒れた子供たちの姿は消え、ベルナールだけがそこに残っていた。

暗い部屋の中で満足げに笑みを浮かべた。

「これが力か。なるほど、皆が求めるのもよくわかる」

何かを試すように腕を振る。

その風圧で、屋敷の壁は巨人に引きちぎられたかのように弾け飛んだ。

(ば、化物……)

立っていられず腰を抜かすウェストミース伯。

「す、素晴らしいですベルナール様」

そう言ったイザベラの声はごまかしきれないほどにふるえていた。

本能的に悟ってしまったのだ。

この人の少しの気まぐれで、自分の命は簡単に失われてしまう、と。

そのとき、部屋に駆け込んで来たのは外を守っていた私兵の一人だった。

「ベルナール様！　屋敷に侵入者が！」

兵士たちの中でも、責任ある立場の男なのだろう。

装飾が施された鎧《よろい》に身を包んだ彼の身体は、次の瞬間二十メートル後方の壁に叩きつけられ、三つの壁を貫通したその奥で瓦礫《がれき》に埋もれて動かなくなった。

赤い液体がウェストミース伯とイザベラとオリビアの身体を濡らした。

液体には、何が起きたのか気づいていないかのような無垢な生ぬるさがあった。

「ひっ、はっ、あっ」

息がうまく吸えない。

腰を抜かし、身体をふるわせながら、意味をなさない声をあげる三人。

「気が変わった」

ベルナールは退屈そうに言った。

「これだけの力を手に入れたのだ。協力者などもはや必要もあるまい」

無機質な二つの目が、三人を捕らえる。

（嫌だ……死にたくない……！）

オリビアが恐怖に目を閉じたそのとき、屋敷を破砕しながら飛び込んできたのは巨大な水の大砲だった。

三階建ての屋敷を一瞬で半壊させる威力を持ったそれはベルナールの身体を横殴りに吹き飛ばし、背後の壁に叩きつける。

「私、ずっと貴方に会いたかったの」

粉塵の中から姿を見せたのは、仮面の女性だった。

サイズの大きなローブをはためかせた彼女は、大きな帽子のつばを上げて言う。

「何度夢に見たかわからない。やっと願いが叶う。それがうれしくてたまらない」

魔女は仮面の下で口角を上げる。

「一発でなんて済まさないわ。生きてることを後悔するくらいボコボコにしてあげる」

半日で十四の隠し拠点を潰して、ようやく突き止めたベルナールの潜伏先。

隠蔽魔法と魔法結界を粉々にぶっ壊して、屋敷の中に突撃したフィーネは、その手応えにかすかな疑念を抱いていた。

「ねえ、もしかしてあの犬畜生、《鏡》を既に使ってる？」

『うん、間違いない。化物じみた人ならざる力を持っているように見える。多分、対価を払って願望機に力を求めたんだろう』

「対価？」

『ベルナールの身辺を漁ったとき、孤児院の経営に熱心だったって話があったでしょ』

「あったわね。魔法の才能を持つ子を探してたって」

『多分その子たちの魂を生け贄にしてる。早くなんとかしないと』

「ほんと救いようのない外道ね。テンション上がってきたわ」

肩を回すフィーネ。

対して、ベルナールは悠然と粉塵の中から現れた。

退屈そうに首を鳴らす。

その身体には傷ひとつついていない。

「つまらないものだな。私は強くなりすぎてしまったらしい」

(これはなかなか、一筋縄ではいかなそうね)

フィーネは観察するようにベルナールを見つめつつ、小声で幽霊に言う。

「――――」

幽霊は小さく目を見開く。

数秒の沈黙。

うなずく。

『できる。できると思う』

「じゃあ、この作戦でいくわよ」

ベルナールは感情のない目で私を見つめていた。

「誰と話している？」

「魔法に世界一詳しい私の師匠だけど」

「虚勢を張るのもほどほどにしておけ。今この場でお前は一人だ」

「そう思ってるならそうなんでしょうね。貴方の中では」

「策を弄しても無駄だと言っている」

ベルナールは言う。

「《鏡》の魔法式を改変し、私から力を奪おうと考えているのであろう」

「…………」

フィーネは唇を引き結んだ。

「なかなか勘が良いみたいね」

「今の私を倒すことはこの世界にいる如何《いか》なる生物でも不可能だからな。搦《から》め手を検討するのは当然の帰結だ」

ベルナールは退屈そうに首を振る。

「だが、無意味だ。無意味なんだよ、《黎明の魔女》。《ククメリクルスの鏡》で使われているのは失われた古代魔法の技術だ。王国で最も古代魔法に精通したお前ならわかるだろう。とても人間に作れるような代物ではないと」

「でも、古の賢者が作ったなんて伝承もあるみたいだけど」

「伝承はあくまで伝承だ。事実に即していないことも多い」

「だとしても、私にできない理由はないでしょ。神でも賢者でもどちらでもいい。だって私の方が上だから」

「過信が過ぎるんじゃないか、《黎明の魔女》。自分をなんだと思っている？」

「天上天下唯我独尊最高にキュートでかっこいい私よ」

フィーネの言葉に、ベルナールはクックックッと笑った。

「驕《おご》りも傲慢もそこまでくるともはや清々しいな」

「驕ってなんてないわ。私は私を肯定してる。それだけ」

「よくそこまで自分を過信できるものだ」

「信じてくれる人って少ないから。私くらいは私を信じてあげないと、私がかわいそうだもの」

フィーネは静かにベルナールを見つめる。

「見てなさい。《鏡》の魔法式を改変して、貴方に報いを受けさせてあげるから」

「教育が必要らしい。身の程を知らない愚か者に現実を教えるのも年長者の務めか」

退屈そうに首を鳴らしてベルナールは言った。
「十秒で心を折ってやる」
瞬間、ベルナールはフィーネの背後に立っている。
振り抜かれた手刀をフィーネは知覚することさえできなかった。
みしり、と骨がきしむ音が身体の中から響く。
咄嗟《とっさ》に受け身を取ろうとするが間に合わない。
鼓膜を殴りつける轟音。
どちらが上で、どちらが下かもわからない。
ざらつく砂の味。
気づいたとき、フィーネは粉塵の中に倒れ込んでいた。
自分の身体は、屋敷の壁を三つ貫通してようやく止まったらしい。
髪の隙間から血が川を作って、ひび割れた仮面の下を流れた。
「一秒もかからなかったな」
ベルナールはフィーネの帽子を拾い上げる。
紙細工のように引きちぎってから退屈そうに踏みつけた。
圧倒的な力による暴力。
大穴の下に、帽子だったものが転がっている。

「冗談じゃないわ」

瓦礫の下から、フィーネはよろめきながら立ち上がった。

五本の肋骨と両腕の骨が折れていた。

自身に回復魔法をかけつつ、ベルナールをにらみ付ける。

「私の心は折れてない。十秒経った今もね」

「力の差はわかっただろう。続けたところで何の意味もない」

ベルナールは冷め切った目で言った。

「敗北を認めて命乞いをすれば、命だけは取らないでやってもいい」

フィーネは押し黙る。

本能的に気づいていた。

まともに戦ってどうにかできる相手ではない。

明白な力の差。

絶望的な状況。

残酷な現実が彼女を押しつぶす。

少しの間、顔を俯けてから言った。

「……どうやら、私が勝てる相手ではないみたいね」

ベルナールは静かにうなずいた。

「傍らで跪《ひざまず》け。頭を地面にこすりつけて許しを乞《こ》え。そうすれば命だけは見逃してやる」

フィーネは唇を噛んで黙り込む。

長い沈黙の後、深く息を吐いた。

「……わかったわ」

よろめきながら、ゆっくりとベルナールの下へ歩み寄る。

畏れと恐怖が彼女の足取りを重たいものにしているように見えた。

俯けた顔。

垂れ下がった前髪がひびわれた仮面を隠している。

「跪け。命乞いをしろ」

ベルナールの言葉に、フィーネの身体はびくりとふるえた。

ためらうような沈黙。

葛藤。

それから、顔を俯けたまま言った。

「するわけないでしょう、バカ貴族」

瞬間、フィーネは拳を振り抜いている。

ベルナールの頬を打ったその拳は、羽虫の体当たりほどの衝撃さえ彼にもたらさなかったが、フィーネの目的はベルナールに触れることだった。

起動する魔法式。

直後、ベルナールの身体は痙攣するように激しくふるえた。

「貴様、今何を……」

次々と展開する魔法式。

植物魔法でベルナールの身体をがんじがらめにしつつ言う。

「言ったでしょ。私には世界一魔法に詳しい師匠がいるって。師匠は幽霊なんだけど、さっきから私が時間を稼いでいる間に《鏡》を解析して新しい魔法式を作ってくれてたの。術式構造を改竄《かいざん》して対価として飲み込んだものを吐き出させる魔法式をね」

「バカな……《ククメリクルスの鏡》は神が作り出した奇跡だぞ。人間の魔法使いが解析なんてできるわけが――」

「そうね。他の魔法使いなら不可能だったと思うわ」

フィーネはにやりと笑みを浮かべて言う。

「でも、残念。私の師匠、古の大賢者様なの」

「まさか……」

目を見開くベルナール。

その身体が赤く焼け爛《ただ》れ始める。

代償を失った《鏡》が、術者の魂を呑み込もうとしているのだ。

「私は死なない……絶対に死なんぞ……ッ！」

しかし、史上最強の生物と化したベルナールは止まらない。

植物魔法の拘束を剝《は》ぎ取り、自身を吸い寄せる《鏡》から逃れようとする。

「しつこいわね。決着はついたんだからあきらめなさいよ」

「まだ終わっていない。お前を対価にして《鏡》を黙らせる」

「ぐっ……！」

ベルナールの思考回路は、わずかな時間で自身が生き長らえる唯一の方法を導き出していた。

それを警戒していたからこそ、フィーネは《多重詠唱《マルチキャスト》》によって植物魔法を無数に展開してベルナールを抑え込もうとしていたのだ。

対象の魔力と生命力を吸い上げる蔦《つた》を発生させる植物魔法。

蛇の王《バジリスク》を数秒で干からびさせる大魔法は、しかしベルナールを止められない。

ベルナールの手がフィーネのローブをつかむ。

（まずい……！）

迫る敗北の予感。

苦し紛れに放った水魔法と電撃魔法も、ベルナールの身体に傷ひとつつけることはできなかった。

「私の勝ちだ」

笑みを浮かべるベルナール。

人智を超えた絶大な力。
引きずり込まれるローブ。
懸命に踏ん張って耐えようとするが抗えない。
終わりの時が近づいてくる。
魂を飲み込む鏡面がすぐそばまで迫る。
『フィーネ……ッ！』
ひどく取り乱した、幽霊さんの声。
そのとき、フィーネのローブを切り裂き、ベルナールに殺到したのは氷の刃だった。
「その人に触れるな」
揺れる銀色の髪。
割り込んだのは知っている後ろ姿。
シオン・クロイツフェルト。
《氷の魔術師》の異名を持つ史上最年少の五賢人。
彼も姿を消した祖父の隠し拠点を捜していたのだろう。
フィーネを庇うように割り込んだシオンは、ベルナールの身体を《鏡》に押し込む。
「アアアアアア――――ッ！」
ベルナールの身体が《鏡》に吸い寄せられる。

しかし、ベルナールの両手はシオンの身体をしっかりとつかんでいた。
（待って、あのままじゃ――）
予感がフィーネの背筋を冷たくする。
何より、怖いと感じたのはシオンの背中にまったく迷いがなかったことだった。
シオンは、ここでベルナールを終わりにすると決めているのだ。
たとえ、自分の人生を犠牲にしてでも――
その可能性に気づいたとき、フィーネは頭の中が真っ白になった。
シオン様が失われる。二度と会うことができなくなってしまう。
水面に石が落ちるように、二人の身体が鏡面に吸い込まれていく。
瞬間、紫色の光がすべてを染め上げた。

ベルナールが《鏡》に吸い込まれた直後、フィーネは真っ白な世界に立っていた。
ただ茫漠とした白だけが広がっている。
果てしなく続く何もない空間。
周囲を見回したフィーネは、力なく横たわるその人を見て息を呑んだ。
「シオン様――!?」
慌てて駆け寄る。

容態を確認して、絶句する。
シオンは呼吸をしていない。
回復魔法の魔法式を起動する。
しかし何も起きることはなかった。
魔法式は何の作用も起こすことなく消えた。
(どうして……なんとかしないといけないのに)
息が上がる。心臓が早鐘を打つ。
フィーネは激しく混乱している。
夢にも思っていなかったのだ。
こんな形で彼を失うなんて。
二度と会えなくなるなんて、思いもしなかった。
永遠なんてないことは知っていたはずなのに。
(落ち着け。冷静になれ)
唇を噛みつつ、状況を整理する。
(エーテルの流れが違う。おそらく、現実とは違う理で動いてる特殊な世界)
「その通りだよ。さすが、君は優秀だね」
立っていたのは幽霊さんだった。

何もなかったはずの空間に彼は立っていた。

「幽霊さん……！　シオン様が大変なの！　助けるためにはどうすれば――」

早口で言うフィーネに幽霊さんは優しい声で言った。

「大丈夫。ベルナールが吸い込まれたことで願いを無効化する術式は正常に機能している。対価は必要ないから、《鏡》は彼の魂を返してくれるよ」

「でも、動かないの。意識も戻らないし呼吸もしてない」

「処理に時間がかかっているだけだから大丈夫。彼のことは僕が救うから安心して」

幽霊さんは目を細める。

いつもと変わらない穏やかな笑み。

しかし、その姿にフィーネは思わず息を吞んだ。

彼は半透明ではなかったし、声はたしかに鼓膜を揺らした。

幽霊としてではなく、実体のある姿で彼は立っていた。

「ここは僕が魔法で作り出した特殊な空間だ。精神世界のようなものだと思ってもらえれば認識的には相違ない。君と話がしたかったんだ。これが最後の機会だから」

幽霊さんは言った。

「少し昔の話をしようか」

「昔々、大戦争が起きて旧文明が滅ぶそのさらに昔。あるところに一人の男の子がいた。彼は魔法が大好きだった。そして、人間も好きだった。自分が魔法や魔道具を発明すれば、みんなすごく喜んでくれる。彼はうれしくて腕を磨いた。この上なく幸せな季節だった」

幽霊さんは愛しそうに目を細めた。

それから、続けた。

「でも、そんな季節にもやがて終わりが来る。周囲の人々は彼の魔法と魔道具を求めて醜い争いを繰り広げるようになった。彼は騙され、裏切られ、人間の醜さを思い知らされることになった。何より彼を傷つけたのは、自分の魔法と魔道具が悪用されて数え切れない数の人が亡くなったことだ。彼は自分を嫌いだと思うようになった。そして、人間も嫌いだと思うようになった。彼は周囲の人と関わるのをやめ、辺境の屋敷に引きこもるようになった」

幽霊さんは言う。

「しかし、人々は彼を放っておいてはくれなかった。どんなに隠れても血眼になって捜し、もっとすごいものを作ってくれと言った。もっと多くの富を生み出す魔道具を。もっと多くの力を手にできる魔法を。敵対者を殺し、敵国を屈従させる力をくれ、と。彼は心底人間が嫌になった。そして、自分の存在を他者から認識できなくする魔法を開発して自らにかけた。平穏な生活を手にし、静かに余生を送れるはずだった」

幽霊さんは苦笑してから続けた。

「魔法は失敗だった。彼は誰よりもたくさん失敗して来たけれど、その失敗は本当に致命的なものだった。彼はこの世界の理から外れた存在になり、死ぬこともできず永遠に生き続けることになった。誰に認識もされないまま」

彼はため息をつく。

「空虚な時間だったよ。生きているのか死んでいるのかもわからなかった。ただ、時間の流れだけがどんどん速くなっていった。大きな戦争が起きて、世界が終わりを迎えた。そこから、わずかな生き残りが少しずつまた世界を作り始めた。どうでもいいことだった。自分はこのままずっと一人で死んだように生きていくのだろう。そう思っていた」

少しの間、押し黙ってから言った。

「そんなときに、君が僕を見つけた」

フィーネのよく知る、やさしげな表情。

やわらかい前髪が揺れた。

「本当にびっくりしたんだ。まさか僕のことが見える相手がいるなんて夢にも思っていなかったから。君は師匠と僕を呼んでくれた。一緒にいろんなことをしたね。これは内緒の話なのだけれど、僕は君のことを娘みたいに思っていたんだ。父親になるような資格がない人間なのはわかってるんだけどね」

幽霊さんは言う。

「それでも、そう思わずにはいられないくらい、君は僕にとって大切な存在だった。君を幸せにするためなら、どんなことでもしようと思うくらいに。ずっと考えてたんだ。君のために何ができるだろう。僕は何をするべきなんだろうって。だから、僕はずっと準備をしてきた。この日のために。そして、君に嘘をついた。研究を完成させたい気持ちはあるけれど、そんなことは正直どうだっていいんだ。僕の目的は昔作った万能の願望機、《ククメリクルスの鏡》を手に入れることだった」

幽霊さんの傍らに大きな鏡が現れる。

鏡面の中に戸惑ったフィーネが映っている。

何を言っているのかわからなかった。

幽霊さんは《ククメリクルスの鏡》を手に入れたかった？

どうして？

「僕はこの《鏡》で僕の願いを叶える」

幽霊さんは言った。

「過去を改変し、君のご両親を蘇生させて伯爵家当主の娘として幸せに暮らせる世界に作り変える。君は本当のご両親に愛されて生きていくべきなんだ。あんなボロボロの屋敷で義理の家族に疎まれながら人生を送らないといけないなんて間違ってる。普通の伯爵令嬢として外の世界の人と交わって、良いことも悪いことも体験できる人生。シオンくんと結婚して、本当の家族と暮らせる幸せな生活。それが僕が君に送ることのできる一番のプレゼントだと思ったから」

フィーネはしばらくの間押し黙っていた。

それから、言った。

「でも、《ククメリクルスの鏡》には対価がいるんでしょ。過去を改変するなんてどれだけの代償が必要か」

「重要なのは魂が持つ魔力の総量だ。そして、それを満たすことができるだけの魔力を持つ人物を僕は知っている」

幽霊さんはフィーネを見つめる。

「僕の魂を対価として、《ククメリクルスの鏡》を起動させる。目覚めた君は僕のことを全部忘れている。だから悲しむこともないよ、安心して」

鏡の前で少しだけ寂しげに笑って、

「幸せになるんだ。新しい世界で、愛してくれる本当の家族と」

それから、言った。

「さよなら」

《鏡》に幽霊の身体が吸い込まれる。

「待って――」

フィーネは駆け出す。

幽霊をこの世界につなぎ止めようと手を伸ばす。

しかし、間に合わない。
伸ばした手は届かず、白い世界にフィーネだけが残される。
《鏡》が蒼の光を放つ。
白い世界が急速に色づき始める。
過去が改変され、別の世界が作り出されようとしているのだ。
（なんで……なんでそんなこと……）
フィーネは顔を俯けた。
滲んで歪む視界。
涙がこぼれて落ちていく。
多分、新しい世界の私は幸せな人生を手にしているのだろう。
幽霊さんのことも全部忘れている。
最初からそうだったって思っている。
恵まれた環境に慣れて、退屈さえ感じているかもしれない。
それは紛れもなく、幸福な時間のはずで。
だけど、そこに幽霊さんはいない。
全部忘れてしまう。
過ごした日々も。

かけてくれた優しい言葉も。
わがままを言ったときの困ったような笑みも。
両手を握りしめる。
握りしめられた拳は小さくふるえている。
嫌だ、と思った。
そんなのは絶対に嫌だ。
覚えていたい。
忘れたくない。
でも、どうすることもできない。
——本当にそうなのかな?
声が聞こえた。
記憶の中の声。
鼓膜を揺らさず、頭の中に直接響く不思議な声。
幽霊さんはいつも言ってくれた。
——できるよ。君なら絶対できる。
フィーネは涙を拭う。
泣いてる暇なんてない。

背筋を伸ばして、浮かんだ可能性に自分のすべてを注ぎ込むことを決める。
懸命に記憶をたどる。
幽霊さんが作った術式を頭の中に描く。
――代償を吐き出させ、《鏡》の起動をなかったことにする。
世界から音が消える。
加速する思考の海に沈む。
指先が複雑な幾何学模様を幾重にも描く。
しかし、それはフィーネが起動できるものではなかった。
絶望的な魔力量と術式精度の不足。
処理が追いつかない。
制御できない。
自壊し始める魔法式。
激しい痛みが頭を焼く。
（あきらめない……絶対になんとかするんだ……！）
歯を食いしばる。
握りしめた拳がぶるぶるとふるえる。
食い込んだ爪の先から赤いものが伝う。

白く染まる視界。

遠ざかる意識。

崩れ落ちそうになったそのとき、誰かがフィーネの身体を支えてくれた。

――君の願いを叶えろ。

その声は、フィーネに勇気をくれる。

背中に添えられた大きな手に、フィーネは胸の中にあたたかい何かが満ちるのを感じる。

それは不安と恐怖を彼女の中から奪い去ってくれる。

何かに導かれるように創り上げたのは巨大なひとつの魔法式。

《鏡》が眩く光を放つ。

世界が光に包まれる。

そこにあったのは、少し前にいた真っ白な世界。

シオンの姿は消えている。

だけど、フィーネはそれが悪い予兆でないことを知っていた。

鏡の中に吸い込まれた彼の魂が、自分を支えてくれたのを感じたから。

彼は生きている。

先に元の世界に戻っている。

私も戻らないといけない。

すべてが満ち足りた幸福な人生よりもずっと大切な人を連れて。

「信じられない。いったいどうやって……」

呆然と立ち尽くす幽霊さん。

その姿に、フィーネは泣きそうになる。

だけどこらえる。

なんでもない普段の自分を装う。

「私は貴方の一番弟子よ。見せてくれた技を真似して身につけるのが弟子の仕事」

幽霊を見上げ、威圧するようにその顔をのぞき込んで続ける。

「私の幸せを勝手に決めないで。幽霊屋敷で生活した毎日も私を作ってる大事な時間なの。そりゃどうしようもなくひどい環境だったけど、おかげで得られることもたくさんあった。硬い藁の上でも三秒で寝られるようになったし、一日一食しか食べられない分、食べ物の大切さを感じられるようになった。ちょっとのことじゃへこたれないくらい我慢強くなったし、よくないことでも前向きに捉えられるようになった。何より、そこには貴方がいた」

フィーネは言う。

「内緒にしていたけれど、私は貴方を父親みたいに思ってたの。何をしても嫌わずに傍にいてくれることに救われてたし、うまくいかないときにかけてくれるやさしさに勇気をもらっていた。どんなときでも味方でいてくれるから全然不安にならなかったし、間違いを犯したときは本気で叱ってくれた。私のことを本気で思ってくれてるのが伝わってくるから、怒られてるのに私はうれしかったの。私にとって貴方がどれだけ大きな存在だったたか」

「でも、それは他に誰もいなかったから」

「違うわ。貴方でよかったたって私は心から思ってる」

「触れられないし他の人からは見えない。血もつながってない」

「それがどうしたのよ。そんなことどうでもいいくらいに、私は貴方からたくさんのものをもらったの。何度人生をやり直すことになっても、私は貴方の娘になりたい」

フィーネは目を細める。

「だから、まだまだ傍にいてもらうわよ。お父さん」

幽霊の瞳から、涙が一筋流れた。

頬に美しい線を引き、雫《しずく》になって足下に落ちる。

目元を手のひらで覆う幽霊に、フィーネは笑った。

「泣きすぎ」

だけど、フィーネは知らないのだ。

ずっと誰と関わることもできずに一人で生きてきた彼にとって、それがどれだけ救われる言葉だったのかを。

そして、幽霊も知らない。

両親を失い、新しい家族に疎まれてひとりぼっちだったフィーネにとって、彼がどれほどありがたい存在だったのか。

完璧にわかりあうことなんてできなくて。

血のつながりもない。

片方は生きているか死んでいるかさえわからない。

それでも、そこには間違いなく目に見えない絆があった。

どこにでもある、ひとつの家族があった。


なんだか照れくさくて、だけどあたたかい時間の後、気がつくとフィーネは元の世界に戻っていた。

ベルナールの隠し拠点である屋敷はボロボロで今にも崩れ落ちそうだったし、義理の家族は遠くでへたり込んでいた。

《鏡》は姿を消していて、その周りでは《鏡》に飲み込まれていた子供たちが眠っていた。

「ここは……？」

後ろから聞こえたつぶやき。

振り向いたフィーネは、その姿を見て泣きそうになる。

シオン様が生きている。

感覚的にはわかっていたことだったけれど、それでも目に映る彼の姿はフィーネを心から安堵させてくれる。

それだけで胸がいっぱいになってしまうくらいに。

フィーネは彼に声をかけたいと思う。

話したいことがたくさんある。

助けてくれたお礼も伝えたい。

《鏡》の中で、たしかに彼は私を助けてくれたのだ。

あのときくれたあたたかい何かの名残をフィーネは胸の奥に感じている。

しかし、フィーネは彼に声をかけることができなかった。

何を話していいかわからない。

どうやって声を出せば良いのか。

口の筋肉の動かし方がわからなかった。

どうして自分はあんな風に彼と自然に話せていたのか。

(って私、今《黎明の魔女》だ)

仮面越しの世界。

声を出すと、正体がばれてしまう可能性がある。

その事実に、フィーネは安堵する。

声を出さずに済む理由が見つかった、と。
だけど、どうしてそんな風な思考になっているのかわからない。
(とにかく、今は無言で立ち去りましょう)
歩きだしたフィーネをシオンが呼び止めた。
「待ってくれ。君に伝えてほしいことがある」
その言葉に、フィーネは息ができなくなった。
伝えてほしいこと?
いったい何の話だろう?
(彼と《黎明の魔女》である私の間に、共通の知り合いなんていなかったはず——)
そこまで考えて、フィーネははっとする。
違う。
一人だけいる。
「君の弟子である私の妻、フィーネに」
(私だ……)
フィーネは立ち尽くす。
意味もなく周囲を見回す。
背筋に冷たい何かを感じている。

（怖い……）

いったい何を言われるのだろう？

最初は意外なくらいに仲良くなれた私たちだけど、途中から何かがおかしくなった。

私がうっかり頬にキスなんかしちゃったせいだ。

人間不信で女性不信というシオン様がそれで私を避けるようになったのは当然のこと。

その上、ご当主様が襲撃された大事なときに、無断でお屋敷を抜け出して来てしまった。

次期公爵夫人の行動としては間違いなく最低点。

よく思われていないのは間違いない。

しかし、その事実が今は悲しくて仕方なかった。

初めて仲良くなった外の人。

だけど、それ以上の何かを今のフィーネは感じていて。

世界中のすべての人に嫌われても、彼にだけは嫌われたくないなんて、そんな子供じみたことを考えてしまう自分がいて。

聞きたくない。

逃げ出したい。

しかし、それは間違いなく自分の行いが招いたことだった。

（たとえ罵倒されるとしても、聞いてあげるのが妻としての最後の務めか）

逃げてはいけない、とフィーネは思った。

否定の言葉はきっと身体を裂かれるくらいに痛い。

だからこそ、自分は痛みを受け止めないといけない。

無言でシオン様に向き直る。

「彼女との出会いは政略結婚だった」

静かに口が開かれる。

「人を信じられない私は、彼女に結婚するに当たっての条件を伝えた。本当にひどいことを言ったと思う。なのに、彼女はまったく気にすることなく傍にいてくれた」

シオン様は言う。

「彼女との時間は本当に心地良いものだった。初めてだった。打算も悪意もない誰かと仲良くなるのは。自分の中で彼女の存在は間違いなく大きなものになっていた。傍にいてほしい。そんなわがままなことを思ってしまうほどに」

物憂げに息を吐く。

「戻ってきてほしい。それだけを望んでる。願ってる。彼女にこう伝えてほしい」

それから、シオン様は言った。

「俺はフィーネが好きだ」

言葉の意味がうまく理解できなかった。

何が起きた？

今、私は何を言われた？

それからのことはよく覚えていない。

気づいたとき、フィーネは地面を蹴っている。

高速で流れる視界。

どうして走っているのか自分でもわからない。

駆ける速度はどんどんと速くなる。

逃げ込んだのは人気がない森の中。

誰にも見られない、深い森の奥で、木の幹にもたれて荒い息を吐く。

経験したことのない気恥ずかしさと胸のあたたかさ。

そして、混乱。

（シオン様が私のことを好き？　どういうこと？　そもそも私ではなくて《黎明の魔女》が好きだったはずじゃ――いや、それも私と言えば私なんだけど）

なぜ私は二度も他人の体《てい》で好意を伝えられているのか。

そして、変装した私と中の人の私を両方好きになるとか、シオン様私のこと好きすぎでは……!?

『顔が真っ赤だよ、フィーネ』

「うるさい」

からかってくる幽霊さんの死角に隠れて膝を抱える。
初めて体験する知らない感情。
身体がふわふわする心地良い感覚の中で、フィーネは呆然としていた。

エピローグ

彼女がいなくなってから、一週間が経った。

シオン・クロイツフェルトは心に空白を抱えている。

それでも、公爵家次期当主としての人生は彼を待ってはくれない。

前当主ベルナールが起こした一連の違法行為。

真相の究明と、主要関係者の捕縛。

クロイツフェルト家を糾弾する声は予想よりも大きくはなかった。

腐敗に満ちた王国貴族社会の中で、他の貴族たちにも後ろ暗い部分が少なくないからだろう。

だからこそ悪しき先代の行いを弾劾し、新しい公爵家を作って行かなければならない。

襲撃されて病院にいる父の分も必死で仕事に励んだ。

最悪の場合、父の死——当主を引き継ぐことも覚悟していたが、幸いなことに彼は生き延びた。

とはいえ、それが本当に良いことなのかはわからない。

シオンは父のことを知らない。

祖父に疎まれ、追い出された父は家に戻ってくることを許されなかった。

祖父に好かれていたシオンはずっと荒れ果てた家の中で、人間の醜悪さを見せつけられながら育った。

大きすぎる権力は人を変えると言う。

父も祖父のように道にそれた行いを始めるのかもしれない。

あるいは、知らないところで既に誰かを傷つけているのかもしれない。

無邪気に人を信じるには、シオンはあまりにも人間の醜さに触れすぎている。

父には、祖父の血が流れているから。

そして自分にも、同じ血が流れているから。

いつか道を踏み外すかもしれない。

欲望の雨に打たれて狂ってしまうのかもしれない。

でも、だからこそ正しくありたいとシオンは思った。

悪しき伝統を断ち切れるように。

誰に恥じることもない家族と人生を手に入れられるように。

(そこに君がいてくれたらどんなにいいだろう)

しかし、それは叶わない願いかもしれない。

狂った家で育ってきたシオンは、健全な家族がどういうものなのか知らない。

結婚生活はきっと、彼女にとって良いものではなかっただろう。

帰って来ないのも当然だ。

最初に突きつけたあまりにもひどすぎる条件。

加えて、シオンはあまりにも彼女について知らなかった。

それを痛感したのは、事件の後処理でウェストミース伯爵家の真実を知ったときのことだ。

北部辺境。

ボロボロの屋敷での幽閉生活。

人間の生活とは思えないあまりにもひどすぎる住環境。

たしかに、出会った日の彼女は随分と痩せているように見えたが、まさかそんな状況にあったなんて。

正当な後継者である彼女を冷遇し、彼女に権利がある前当主の所有物を勝手に売り払う。

王国における相続法に反していると同時に、人としても道に外れた行い。

事件の詳細と彼らの行いは、既に高等法院に訴状を提出している。

一般市民からの陳情であれば、たやすくもみ消せるだけの権力を持つウェストミース伯爵家だが、今回相手にするのはクロイツフェルト公爵家。

そして、王国の司法における最高機関である高等法院だ。

完全にもみ消すことは不可能。

既に複数の新聞社がスクープとして周辺を調査しているという話も聞いている。

あと一月もすれば彼らの行いは白日の下にさらされ、ウェストミース家は力を失い没落していくことだろう。

そして彼女は、前当主の娘として、不当に奪われていた権利と名誉を取り戻す。

おそらく一生働かずに暮らせるだろう。

なおさら、戻ってきてはくれないかもしれない。

《黎明の魔女》の弟子として、魔法使いとしても極めて優れた才能を持つ彼女だ。

彼女が来なくなったことで、王立魔法大学の教授たちはそれはもう悲嘆に暮れているという話だし、居場所ならどこにでもあるだろうから。

（それを良いことだと思わないといけないのだろう）

しかし、どこかで彼女が以前のように何も持っていなければよかったのにと思ってしまう自分がいた。

自分に頼るしかない状況だったら、傍にいてくれたかもしれないなんて。

弱く醜い感情が顔を覗かせる。

結局、この空白は彼女がいないと埋められないのだ。

傍にいてくれる幸せを知ってしまった。

それまでは、孤独なんて感じたことがなかったのに。

(考えるな。自分がすべきことに集中しよう)

分刻みのスケジュールで仕事に奔走した。

前当主ベルナールが持つ隠し拠点の捜索。

証拠の押収と整理。

法務官を交えての権利関係についての話し合い。

『シオン様、働きすぎです。さすがに少しくらいお休みされた方が』

しかし、作業の手を止めることはできなかった。

時間ができてしまうと、余計なことを考えてしまうのが目に見えていたから。

一日の仕事を父に報告した後、遂に今日できる仕事がなくなって、シオンは深く息を吐く。

クロイツフェルト家が所有している病院の廊下。

窓から赤く透き通った日差しが射し込んでいる。

(自分がこんなに脆《もろ》いなんて知らなかった)

誰よりも知っていたはずの自分の中にある、知らない人みたいな一面。

(全部君のせいだ)

苦笑して窓の外に広がる空を見上げる。

夕暮れ時の真っ赤な空。

この空の下に彼女もいる。

君は何をしているだろう。
大好きな魔法の勉強だろうか。
弟子として《黎明の魔女》に教わっているのかもしれない。
もしかしたら、怒られてたりもするのかもしれない。
君のことをもっと知りたかった。
でも、叶えられない願いもあるのが人生だから。
その苦みもしっかり味わって、前に進んでいかないといけないから。
どこかできっと幸せに暮らしている。
それでいい。
今はただ、君の幸せを願おう。
君の未来に、幸福な瞬間が抱えきれないくらいたくさん降り注ぎますように。
ほろ苦くて甘い後味。
長い影を連れて歩きだす。
病室から聞こえるいろいろな人たちの声。
かすかに垣間見える知らない人生の一ページ。

「フィーネ様！　どこに行ってたんですか!?　心配したんですよ！」

はっとして足を止めた。
斜め後ろにある病室の扉を振り返る。
息をするのも忘れていた。
扉の前に立って、取っ手に手をかける。
病室。
開けた扉の先。
彼女は、侍女に抱きつかれて困った顔をしていた。
「ミア、落ち着いて。落ち着いてったら」
彼女は侍女をなだめてベッドの上に押し戻す。
それからシオンに気づいて息を呑んだ。
そらされる瞳。
ためらいと迷い。
ここで会うつもりはなかったのだろう。
当然か。
そもそも、彼女は自分と関わらずに生きていこうとしているのかもしれないのだから。
だけど、それでもいいと思った。

手を伸ばそう。

傷ついていい。

失敗してもいい。

この気持ちは、もう止められない。

「傍にいてほしいんだ。俺と一緒に人生を歩んでほしい」

シオンは言った。

「好きだ」

フィーネは小さく目を見開いた。

猫みたいに視線をさまよわせて、唇を引き結んだ。

俯いた顔。

形の良い耳が赤く染まっていた。

「私でいいのですか？」

「君がいい」

フィーネはよろめいた。

目に見えてわかるくらい混乱して、あわあわして、くるくるして戸惑って――

それから幼い少女のように、こくりと一度うなずいた。

あなたは深いところで、とてもよく知っています。たった一つの魔法、たった一つの力、たった一つの救いがあることを。それは「愛すること」だということを——

ヘルマン・ヘッセ

特別書き下ろし1　魔法のバリア

侍女が話していたのを聞いたところによると、近頃王国では「親ガチャ」という言葉が流行《はや》っているらしい。

辺境のボロボロな屋敷に幽閉されて外に出ることもできない私なので、どういう経緯でその言葉が広がっているのかはよくわからない。

しかし、その言葉をそれなりの説得力と納得感のあるものとして私は受け止めた。

生まれる環境を子供は選ぶことができない。

人間は周囲の影響を受ける生き物だから、良い環境に生まれた子供は人格形成においてプラスの影響を受けるだろうし、悪い環境に生まれた子供は良くない影響も受けるかもしれない。

だけど、ここでひとつの疑問がある。

では、実の両親を途中で亡くした子供はどうなるのだろう。

その後、叔父夫婦に引き取られて、辺境の屋敷で幽閉されている私の親ガチャは外れなのだろうか。

一度当たって、一度外れたってことと考えればいいのかもしれない。

一年前に亡くなった両親の記憶は、私の中で不思議な存在になっていた。

正直なところを言えば、あまり悲しいと感じていないのだ。

すごく好きだったはずなのに。

いないと生きていけないくらいに思っていたはずなのに。

いざ失ってみると、『なんだ、全然大したことないじゃん』っていうのが正直な感覚。

そのことに対する罪悪感はある。

私って人間としておかしいのかも、と不安になるときもある。

だけど、普通の人がそうであるように泣いたりわめいたり暴れたりしたくなる感覚は私の中にはなかった。

自分のことなのに、なんだか不思議なくらい現実感がない。

まるで知らない誰かの物語を見ているかのような感じ。

実の両親や以前の生活を思いだすこともほとんどなかった。

自然と視線が向くのは書庫の本に書かれた不思議な魔法の世界。

そして、そんな世界の住人である半透明のその人に注がれていた。

「ねえねえ、幽霊さん。魔法学校では夏休みに自由研究って課題が出るんだって。私もやってみたいなって思って」

『そんなものがあるんだ。いいね。何か調べてみたいこととかある？』

「やってみたいのは幽霊さんの身体を箱に詰めて爆発させて熱膨張の有無を確認する実験なんだけど」

『子供らしい好奇心と実験内容の温度差がひどすぎる』

「私ずっと前から幽霊さんの身体に興味があったの。本当に実体がないのか。熱反応は？　光への反応はどうなのか。何より、箱に詰められた幽霊さんが爆発するところをすごくすごく見てみたくて――」

『最後のが本音だよね！　知的好奇心よりも面白映像が見たいっていうその一心で言ってるよね！』

「お願い！　一生に一度しかないこの夏の思い出作りのために、爆発して！」

『絶対に嫌』

それは透き通った空がどこまでも広がる夏のある日のことだった。

裏山に作った実験装置の中で、幽霊さんは激しく爆発して風になった。

白煙があたりを包んだ後、その奥から現れた幽霊さんの冷め切った顔を、私は多分一生忘れることはないと思う。

それからも私は、毎日のように幽霊さんに無茶なお願いをした。

人としてあまりよくないことなのは薄々わかっていたのだけど、だからといって自制できるほど私は大人ではなかった。

何より、私は幽霊さんの嫌がる姿が見たかったのだ。

心の底から嫌だと感じながら、それでも付き合ってくれる姿に何か言葉にできないあたたかさみたいなものをもらっていた。

多分、私は幽霊さんがいなくならないことを確認して安心したかったのだ。

どんなことをしても傍にいてくれる。

黙って置いていったりしないんだって。

あるとき、幽霊さんに聞いたことがある。

「どうして私みたいな悪い子と一緒にいてくれるの？」って。

なかなか寝付けない長い夜の途中だった。

屋根の穴から射し込む月明かりの下で、幽霊さんは不思議そうな顔をした。

『君は自分のことを悪い子だと思ってるの？』

「だって、幽霊さんが嫌がることたくさんしてるし」

『自覚あったんだ』

「それに、お母さんとお父さんが死んだのに一度も泣けなかった。そんなの普通じゃないし、絶対変だもの」

私は言う。

「私は悪い子だから、神様はお母さんとお父さんを死なせちゃったの。そして、叔父さんたちはボロボロの家に私を閉じ込めてる。全部私がひどい子で悪い子だから」

幽霊さんは静かに私の言葉を聞いていた。

それから言った。

『確信を持って言えるけど、君は何も悪くないよ。神様っていうのは時々すごく理不尽なことをするものなんだ。それは、その人が良い人か悪い人かに関わらない。むしろ、良い人の方が早く死んじゃったり悲しい運命に捕まっちゃったりする。だから、ご両親が亡くなったことも、叔父さんたちが君を虐待してることも、君がどういう子かっていうのとはまったく関係がないことなんだ。明確な事実として、少しも関係のないことなんだよ』

幽霊さんは言う。

『ご両親のことで泣けてないのは、まだ心の準備ができてないだけのことだよ。悲しい気持ちっていうのは時に時間をかけてゆっくりとその人のところにやってくるものなんだ。そんな風に自分を責めないで大丈夫。君はすごく良い子だよ。だから安心して自分のことを好きになってほしい。何より、僕は君が大好きだから、僕の好きな子のことを悪く言わないで』

月明かりの下で、形の良い唇がにっこりと弧を描いた。

それから、私は幽霊さんに強めのイタズラをしなくなった。

あの夜、幽霊さんは私に特別な魔法のバリアをかけてくれたのだと思う。

目には見えないし、魔力も流れていない不思議なバリア。

だけど、その存在を私はたしかに感じることができた。

心が雨漏りする夜も、そのバリアは私を守ってくれる。

大丈夫だよ。

君は君のままでいいんだよ。

大好きだよって。

世界だって変えられるこのすごいバリアを、どうすれば作ることができるのか私は知らない。

それはどんな魔導書にも書いていないし、通常の魔法の理とはまったく違う何かによってできているものだ。

だけど、私もいつかこの魔法を誰かにかけてあげられるような人になりたいって思う。

親ガチャという言葉がある。

つまるところ、私のガチャの結果は最上級だ。

照れくさいから、絶対言ってはあげないけど。

特別書き下ろし2　心の電源

心を殺して生きるのにはコツがある。
少年は物心ついた頃から自然と心を殺す方法を身につけていた。
習慣的に、日常的に。
就寝前に歯を磨くのと同じように、彼は心を殺すことができた。
それは少年にとって生きていくために必要な技術だった。
胸の奥が潰れて壊れそうなときに、彼は静かに心の電源を落とす。
考えるのも感じるのもやめて、自分という存在から遠ざかることを意識する。
そこには安らぎと心地良い空白がある。
何もないというのが救いになることを彼は知っていた。
自分を遠ざけた先にあるそこは穏やかで静かな世界が広がっている。
少年はその場所を自分だけの秘密基地のように思っていた。
嫌なこと、悲しいことから身を隠すことができる秘密基地。

したくないことをするとき、彼は心の電源を落とす。

嫌なことから逃げ出せないとき、彼は心の電源を落とす。

会いたい人に会えないとき、彼は心の電源を落とす。

両親が家を出て行ったのは、六歳のときだった。

それは彼の祖父が主導して行ったことだった。病弱だった母は二年後に亡くなり、事実として少年はそれから一度も母親と会うことはできなかった。

その出来事は、彼の心に大きな傷を残すことになった。

人間というのは、ある日突然目の前からいなくなってしまう。

どんなに大切に思っていたとしても。

代わりが利かない、たった一人の大切な人でも。

いなくなるときは一瞬で。

泣いても叫んでも戻ってこない。

それはどうしようもないことなのだ。

その別れの後で、彼は両親が出て行ったのは自分のせいなのだと考えるようになった。

(僕が悪い子だからお母さんは出て行ったのだ)

少年は二度とそんなつらい思いをしたくないと思った。

(みんなに捨てられない良い子になろう)

少年は周囲の人たちの期待や望みを敏感に感じ取って、それに応える努力をした。

幸い、彼には才能があった。彼の容姿と振る舞いは周囲の大人たちを強く惹きつけたし、その才能は氷魔法の名家である彼の家でも歴代最高と称されるものだった。

(これでみんなに好いてもらえる。捨てられずに済む)

しかし、そんな幸せな時間も長くは続かなかった。

少年は何人かの大人たちに物陰に連れ込まれ、押さえつけられて身体を触られた。

自分が汚れてしまったように感じられた。

どんなに身体を洗っても取れない何かが残っているような気がした。

その出来事も、彼は心を殺すことでやり過ごそうとした。

しかし、逃れようのない空しさみたいなものが彼を捉えていた。

彼は周囲の人間を遠ざけ、魔法に打ち込んだ。

そのときだけは、空っぽが埋まらない自分を忘れることができるから。

そして、どれだけ心の体重を預けても魔法はいなくなったりしないから。

王国で最も危険な国境警備の仕事を率先して引き受けた。磨き上げた力で救えるだけ多くの人を救って死のうと思った。

終わりの時は思っていたよりも早く訪れた。

王国史上類を見ない記録的な規模の魔物の暴走《スタンピード》。

絶望的な人員不足の中で、彼は自らのすべてをなげうって戦った。

すべてが白く染まった氷の世界。

血の赤色がやけに鮮やかに見える。

薄れゆく視界の中で、最後に見たのは仮面の魔女だった。

『殺してくれ』

そう伝えた彼に、魔女は言った。

『決めたわ。絶対死なせないから』


どうして魔女が自分を救ってくれたのかはわからない。

しかし、事実として魔女は膨大な時間と労力をかけて彼を救ってくれた。

半ば意地になっているような姿だったが、その献身ぶりを彼は信じられない気持ちで見つめていた。

（どうして自分なんかのためにこの人はこんなに必死で……）

複数の回復魔法を並行起動しての懸命の治療。

その上、毎日のようにたくさん言葉をかけてくれた。

まるで、話し相手が少ない鬱憤を晴らすような話しぶりで語ってくれたのは、生きることの素晴らしさ。

しかも、その内容がとても幸せな境遇にある人のそれではないのだ。

絶句するほど劣悪な生活環境と、残念すぎる日々。

しかし、その毎日を彼女は心から楽しんでいた。

(どうすればこんな風に生きることができるのだろう)

彼は何より、魔女のその生き方に強く惹かれた。

前向きでしたたかな魂のあり方を綺麗だと思った。

近づきたいと思った。

追いかけたい。

彼女のことをもっと知りたい。

憧れはいつしか恋に変わった。

顔も知らない相手のことを好きだなんて、おかしいことなのはわかっていて。

それでも、気持ちを止めることはできなかった。

中央書庫にある彼女の資料を読むために、王宮での仕事を引き受けるようになった。

北部地域に住む身寄りのない女性を支援するという建前で、彼女に繋がるヒントを探した。

危険な魔物の単独討伐を繰り返すその姿に、現実に立ち向かう勇気をもらった。

(自分も、あの人のように誰かを救えるような人になれたら)

そんな思いは、自らが主導した祖父ベルナールの打倒計画に繋がった。

そして結婚することになった彼女の弟子。

ようやく見つけだした彼女に続く手がかりは、しかし思わぬ場所へと彼を連れて行くことになった。

（どうして自分はこの人ともっと話したいなんて思っているのだろう）

自分の気持ちがわからなかった。

誰かと一緒にいるのが心地良いなんて。

そんな風に思うのは初めてだったから。

一人が好きだと思っていたのに。

人と一緒にいても煩わしいだけだと感じていたはずなのに。

曖昧な思いはいつしか恋に変わった。

彼は彼女の中に、自分のためにあるんじゃないかと思うような特別な偏りを感じることができた。

それはひどく変な形をしている。

しかし、その歪みを彼は愛おしく思った。

彼女の歪みは自分の歪んでいるところを綺麗に埋めてくれて。

他の人とは違う何かを彼はその中に感じることができた。

この人は自分にとっての特別なんじゃないか。

世界でたった一人しかいない１００パーセントの相手なんじゃないか、と思うほどに。

「ミア！　お茶会で出たお菓子の残りをもらいに行くわよ！」

「了解です！」

早足でシェフの下へ向かうその後ろ姿を、笑みを堪えつつ見つめる。

結局のところ、仮面の魔女は自分にとって憧れで、本当の意味での恋とは少し違っていたのかもしれない。

(とはいえ、もう少し話してみたかったが)

祖父ベルナールの別邸で会った彼女との短い会話を思いだす。

あのときはフィーネのことでいっぱいいっぱいで。

伝えてほしいと自分の気持ちを言葉にした。

仮面の魔女はぎこちない仕草でそれを聞き、ひどく慌てふためいて、逃げるようにその場から去っていった。

思いだしてみると、不思議な言動だった。

(色恋の話は苦手なんだろうか)

あるいは、弟子であるフィーネに関する話だったからかもしれない。

身内のそういう話を聞きたくないというのは彼にもなんとなく理解できる。

『もう死にたくはなくなった？』

頭をよぎったのはいつか言われた言葉。

あのときは曖昧にしか答えられなかったそれに、今ならもう少し胸を張って答えられる気がした。

いつか彼女にまた会えたら、救ってくれた感謝を伝えよう。

貴方のおかげで生きていられます、と。

そして傍にいてくれる彼女に、何よりも多くの愛情を伝えよう。

（いったいどうすれば喜んでもらえるだろうか）

ささやかなプレゼントの計画を立てる。

心の電源は、ずっと点いたままだ。

特別書き下ろし3　ふわふわと混乱

フィーネが公爵家に戻って二週間が経った。

政略結婚から友達同士になっていたシオンとの関係も進展して、今までとは違う二人での生活。

しかし、新しい生活がフィーネにもたらしたのはかつて経験したことがないレベルの混乱だった。

ことあるごとに渡されるプレゼント。

向けられる微笑み。

時々放たれる心臓に悪い言葉。

「君がいてくれたらそれだけで、俺は幸せだから」

フィーネはそのたびに顔を真っ赤にし、声を上ずらせ、頭を抱えてその場で屈伸して、フィンガーボールの水を飲んでいた。

『あれ飲むものじゃないよ』

「わ、わかってるわよ。ただ、あまりに心臓に悪すぎて、ちょうどいいところにある水が飲みたくなってしまうというか」

頭を抱えるフィーネ。

問題は辺境に幽閉され、同世代の異性とほとんど関わりを持つことなく育ったフィーネにとって、今の状況があまりにも刺激の強すぎるものだということだった。

野山を駆けまわり、「強い魔物全部ぶっ飛ばす！」と暴れ回っていたそれまでの生活。

たちの悪いボス猿と変わらない日々を送っていたフィーネは、人間界における恋愛方面の事柄に対して、あまりにも脆弱《ぜいじゃく》だった。

（あ、あんなのどうやって対処すれば……）

こめかみをおさえるフィーネ。

『まさか君がここまでそういう系統のあれこれに免疫がないとは』

幽霊さんはじっとフィーネを見つめて口角を上げた。

『おもしろ』

「黙りなさい」

恨めしげに幽霊さんをにらみつける。

食器を落としてしまったり、壁と正面衝突したり、近頃のフィーネは自他共に認める絶不調ぶり。

「フィーネ様がすごくおかわいいことに！」とミアは声を弾ませ、他の侍女たちにも「がんばってくださいね！　応援してます」とか言われてしまう始末。

「ぐっ……こんなはずじゃなかったのに……クールでセクシーで余裕ある大人の女性な私は、『頼む！　君がいないと俺は生きていけない……』とシオン様にすがられ、『仕方ないわね。そこまで言うなら一緒にいてあげるわ』と流し目で言って、『フィーネ様かっこいい！　素敵！　カリスマ恋愛マスター！』とみんなにたたえられるはずだったのに……」

『山でボス猿やってた君に恋愛マスターは無理だと思うよ』

経験が足りていない苦手分野ゆえの厳しい状況。

しかし、フィーネは負けず嫌いだった。

「ぷっちーん。わかったわ。見せてあげようじゃない。私の圧倒的恋愛力」

フィーネは言う。

「私は不可能を可能にすると言われた《黎明の魔女》の中の人よ。恋愛なんて魔法より簡単だしちょちょいのちょい。ウルトラ究極最強モテパワーを見せてやるわ」

拳を握りしめ、ベッドの上で仁王立ちして言うフィーネ。

（ダメそう……）

幽霊さんは思ったが、何も言わないことにした。

言葉にしてもどうしようもないことがこの世にはある。

カリスマ恋愛マスターになるという大志を抱いたフィーネは、早速クロイツフェルト家の書庫にこもって勉強を開始した。

参考になりそうな本を一心不乱に読み、恋愛に関する知識を身につけていく。

「なるほど。大体わかったわ」

『どういうことがわかったの？』

「世界には星の数ほど男がいる。恋愛マスターにとってはそのすべてが愛の標的となるのよ」

『…………』

恐ろしいことに、フィーネは恋愛に対する学習能力がびっくりするくらいに低かった。

辺境の屋敷に幽閉され、外の人間と関わることなく育ってきたのが原因なのだろう。

恋愛関係というのは彼女にとってロマンス小説の中のものであり、常識的なそれとは少しかけ離れたものなのだ。

「なるほど。待ってれば大体向こうから『おもしれー女』って見つけて来てくれる、と。王子様も公爵様もたいしたことないわね。こんなの楽勝じゃない」

フィーネは『おもしれー女』待ちで受け身の体勢を取った。

何も起きることなく時間だけが過ぎていった。

「なんで……どうして……」

『多分本で学ぶのは難しいんじゃないかな。君の場合前提となる知識も大分偏ってるし』

「いいえ。本というのは先人の知恵を学ぶことができる最強の学習ツール。習得できない能力なんて存在しない。私は本だけで圧倒的恋愛力を身につけてみせる」

『どうしてそんなに本にこだわるの？』

「……だってこういうの人に相談するの恥ずかしいし」

『かわいい。ぷぷぷ』

「うるさい！　絶対に本の知識で恋愛マスターになってやるんだから！」

フィーネは信念を胸に勉強を続けた。

偏った知識がどんどんとフィーネの中に吸収されていった。

「よし、準備が整ったわ。シオン様をデートに誘いましょう」

『いいね。どこに行くの？』

「私の一番好きな場所」

フィーネは自信満々でシオンをデートに誘った。

「わかった。では、馬車の準備をさせる」

「いえ。馬車は必要ありません。それより大きめの梯子《はしご》がほしいのですけど」

「梯子？」

聞き返したシオンに、フィーネは真っ直ぐな目で言った。

「はい。梯子です」


それからのフィーネの行動は、幽霊さんを戦慄《せんりつ》させることになった。

フィーネは屋敷の屋根に梯子をかけ、シオンと屋根の上でデートをしようとしたのである。

（ま、まさかここまで常識がないとは……）

次期公爵夫人として普通ではありえない行動。

「ここの屋根、ずっと上りたいって思ってたんです。居心地良さそうで」

「居心地……？」

シオンは不思議そうだった。

幽霊さんは申し訳ない気持ちでいっぱいになった。

フィーネは慣れた様子で梯子を上る。ロングスカートなのだが、まったく気にしていないし気づいてもいない。

シオンは驚いた様子で目をそらした。

（う、うちの子がごめんなさい）

幽霊さんは申し訳ない気持ちになった。

「シオン様もどうぞ」

弾んだ声で言うフィーネ。

シオンが梯子を上る。

公爵家の人たちは少し心配そうに見守っている。

二人は屋根に並んで腰掛けた。

しかし、思っていたより距離が近かったらしい。

フィーネは落ち着かない様子で目を白黒させつつ言う。

「や、屋根の上は夜空が綺麗に見えるんですよ。ほら、見てください。満天の星々が」

「今日は曇りだが」

「…………」

フィーネは致命的失敗を犯していた。

（ま、まずいわ！　折角屋根の上に上ったのに何も見るものがない！　することがない！）

固まったまま思考を巡らせる。

（こうなったら小粋なトークで場を盛り上げるのよ！）

「し、シオン様、その……」

「なんだ？」

「…………な、なんでもないです」

しかし、何も言葉が出てこなかった。

薄暗い空間。

肩に感じる体温。

異性との関わりをほとんど持たずに育ったフィーネにとっては、とても平常心でいられない状況。

（このままじゃいけない！　とにかく盛り上げないと）

フィーネは立ち上がった。

「も、盛り上げるために踊りますね」

「踊り？」

「はい。盛り上げたいときは踊るのが一番ってどこかで聞いたので」

フィーネはよくわからない踊りを踊ろうとした。

しかし、屋根は狭く傾いている上に、フィーネは絶望的に運動神経がなかった。

「はうっ」

足を滑らせてバランスを崩す。

回転する視界。

薄暗い闇の中で、重力に引かれて落ちていく。

すぐそばで大きな何かが動く気配がした。

「……大丈夫か？」

あたたかい体温。

夜の風に混じる柑橘系の香り。

気づいたときには腕の中にいる。

屋根から落ちそうになった自分をシオンが抱き留めてくれたのだ。

雲が空を覆う暗い夜。

堅く大きな肉体の感触。

フィーネは真っ赤になった。

「あ、ありがとうございました。それでは、失礼します」

上ずった声で言って梯子を下り、逃げるように自室へと撤退する。

目の端には涙の粒が浮かんでいた。

「なんでみんな普通にデートとかできるの……？　わかんない、わかんないよ……」

枕に顔を埋めてうめき声をあげるフィーネ。

幽霊さんは何も言わずにそっとしておいてあげようと思った。


こうして、新たな黒歴史を作ってしまい絶望していたフィーネだったが、意外なことに公爵家の人たちの反応は悪いものではなかった。

「屋根でデートって素敵ですよね」

フィーネの謎デートプランは公爵家の使用人たちの間では意外と好評だったし、

(屋根の上があんなに気持ちいいところだとは。今度は一人で上ってみよう)

感情が表に出てこない性格のシオンは、謎デートを十分すぎるくらいに楽しんでいた。

(何より、彼女の普段見えない顔が見えて楽しかったな。今日は曇りだと伝えたときとかすごくいい顔をしていた。どうして彼女の変なリアクションはこんなに俺の胸を打つのだろう)

シオンは自分の心が不思議だった。

変な反応でも彼女のものだと愛しく感じてしまう。

（結局のところ、君の顔を見ているだけで俺は幸せなのかもしれない）

そんなことを考えて、顔が熱くなった。

（深みにはまっている……）

こめかみをおさえて、唇を噛む。

外からは無表情でクールに見えるこの男は、何をされても好意的に捉えずにはいられないくらいに恋の病の末期状態だったのだが――

フィーネはそんなこと知る由もなく、新たな黒歴史を思いだしては頭を抱えて苦しんでいた。

あとがき

家族のお話が昔から好きでした。

理由はわかりませんが不思議と好きなのです。

自分が家族に愛されて育ったからかもしれません。

仲良し家族なんだなってふんわりと二十歳くらいまで思っていました。

しかし、大人になって知る真実。

(あれ？　葉月が家族三人と仲良いだけで父と母、父と妹、相当仲悪いのでは？)

他の家族を知らないので、自分の家が普通だと思っていたのですが、どうやら結構仲悪い部類の様子。

そんなある日、結婚式をするならどんな風にしたいか話していた妹が言ったのです。

「結婚式に父さんは呼びたくない」と。

葉月はこれが結構ショックでした。

ひどい父親なら仕方ないと思うのですが、葉月視点ではそこまで悪い人ではないのです。

少し欠けたところもあるけれど、根は悪い人じゃないですし葉月的には不器用かわいいってタイプの人で。

しかし原因は父にありますし、母と妹が嫌だと言うのであれば仕方ありません。

仕方ないけど、できるならもう少し仲良くしてくれたらうれしいな……。

そんな願いに引き寄せられ、気づいたらこうなっていたのがこの作品です。

人生ってなかなか大変で。

心の余裕がなくなってしまうときもあって。

いつも近くにいるからこそ、相手の嫌なところが目に付いたり、扱いがぞんざいになってしまったり。

それは仕方ないことで誰も悪くなくて（誰かが悪い場合もあります。もちろん）。

でも、できるなら傍にいる人に少しだけでもやさしくしてあげてほしいなって、そんな風に願っているのでした。

とはいえ、やさしくしたらこれでいいんだってつけあがってしまうパターンもあるので、なかなか簡単ではないのですけど。

本当に人間関係って難しいです。

愛することが救いだというヘッセの言葉。「そんなこと言われなくてもわかってる」って口うるさく感じた人もいるかもしれません。私です。わかってるけど、面倒なのです。難しいのです。

だけど、限りある人生を良いものにするために、まず自分から少しずつでも愛する練習をしていかなきゃなのかなって思う今日この頃でした。

というわけでまずはここから練習を。この本をあとがきまで読んでくれた貴方を愛してるぜ！って勢いで書いて恥ずかしくなった葉月でした。

お互い良い人生になるよう少しずつ進んでいきましょう。それでは。

あとがき
さし画を確認してみたら
幽霊さんの顔の表情がわかる
カットが一枚もありませんでし
次は描きたいですね…!!
toi

マンガUP!
毎日更新
名作&新作300タイトル超×基本無料=最強マンガアプリ!!
GC UP! 毎月7日発売
失格紋の最強賢者
～世界最強の賢者が更に強くなるために転生しました～
原作：進行諸島（GAノベル／SBクリエイティブ刊） 漫画：肝匠&馮昊（Friendly Land）
キャラクター原案：風花風花
転生賢者の異世界ライフ
～第二の職業を得て、世界最強になりました～
原作：進行諸島（GAノベル／SBクリエイティブ刊） 漫画：彭傑（Friendly Land）
キャラクター原案：風花風花
悪役令嬢は溺愛ルートに入りました!?
原作：十夜・宵マチ
作画：さくまれん
構成：汐乃シオリ
神達に拾われた男
原作：ROY 漫画：蘭々
キャラクター原案：りりんら
お隣の天使様にいつの間にか駄目人間にされていた件
原作：佐伯さん（GA文庫／SBクリエイティブ刊）
原作イラスト：はねこと
作画：芝田わん 構成：優木すず
ここは俺に任せて先に行けと言ってから10年がたったら伝説になっていた。
原作：えぞぎんぎつね（GAノベル／SBクリエイティブ刊）
漫画：阿倍野ちゃこ
ネーム構成：天王寺きつね
キャラクター原案：DeeCHA
勇者パーティーを追放されたビーストテイマー、最強種の猫耳少女と出会う
原作：深山鈴 漫画：茂村モト
https://sqex.to/mup ※一部アプリ内課金あり
●「攻略本」を駆使する最強の魔法使い ～<命令させろ>とは言わせない俺流魔王討伐最善ルート～
●おっさん冒険者ケインの善行
●魔王学院の不適合者 ～史上最強の魔王の始祖、転生して子孫たちの学校へ通う～
●二度転生した少年はSランク冒険者として平穏に過ごす ～前世が賢者で英雄だったボクは来世では地味に生きる～
●異世界賢者の転生無双 ～ゲームの知識で異世界最強～
●冒険者ライセンスを剥奪されたおっさんだけど、愛娘ができたのでのんびり人生を謳歌する
●落第賢者の学院無双 ～二度目の転生、Sランクチート魔術師冒険録～ 他
©Roy ©Saekisan/SB Creative Corp. ©Shinkoshoto/SB Creative Corp.

SQEX ノベル

「君を愛することはない」と言った氷の魔術師様の片思い相手が、変装した私だった

著者
葉月秋水
イラストレーター
toi8

2023年4月7日　初版発行

発行人
松浦克義
発行所
株式会社スクウェア・エニックス
〒160-8430
東京都新宿区新宿6-27-30　新宿イーストサイドスクエア
（お問い合わせ）スクウェア・エニックス　サポートセンター
https://sqex.to/PUB
印刷所
図書印刷株式会社
担当編集
稲垣高広・増田 翼
装幀
関 善之（VOLARE inc.）

ISBN978-4-7575-8463-1 C0093　　Printed in Japan